수필 창작론

정 동 환

수필가
문학박사
한글학회 이사
한국문인협회 회원
한말연구학회 회장 역임
협성대 문예창작학과 교수
저서 『우리 말글과 문학의 새로운 지평』 외
수필집 『행복한 하루』

수필 창작론

초판1쇄 인쇄 2014년 8월 11일 | **초판1쇄 발행** 2014년 8월 18일
지은이 정동환
펴낸이 이대현 | **편집** 이소희
펴낸곳 도서출판 역락 | **등록** 제303-2002-000014호(등록일 1999년 4월 19일)
주소 서울시 서초구 동광로 46길 6-6 문창빌딩 2층
전화 02-3409-2058(영업), 2060(편집) | **팩스** 02-3409-2059 | **이메일** youkrack@hanmail.net
ISBN 979-11-5686-068-6 03800

정가 13,000원

이 도서의 국립중앙도서관 출판시도서목록(CIP)은 서지정보유통지원시스템 홈페이지(http://seoji.nl.go.kr)와 국가자료공동목록시스템(http://www.nl.go.kr/kolisnet)에서 이용하실 수 있습니다.(CIP제어번호 : CIP2014022149)

수필 창작론

정 동 환 지음

역락

　　수필은 자신과의 진정한 만남과 자신의 삶을 들여다보는 성찰을 통해 일어난다. 이러한 과정을 통해 삶의 의미와 가치를 창출하는 문학이 수필이다. 수필은 제재를 생활 속에서 찾아내기 때문에 생활이 곧 수필이고 수필이 곧 생활이다. 그러나 일상생활이 너무도 낯익어서 무심히 지나쳐버리는 것이 많다. 생활 속에서 제재를 찾으려면 익숙하고 낯익은 것들을 낯설게 바라볼 수 있어야 한다.

　　대학에서 오랫동안 학생들과 수필을 이야기하고 지도하면서 수필을 사랑하는 이들에게 하고 싶은 말이 있었다.

　　첫째, 수필을 진지하게 바라보려는 태도를 가져야 한다. 수필을 '붓 가는 대로 쓰는 글'이라는 생각을 버리지 못하고 가볍게 대하다가 어려움을 겪는 이들을 많이 보았다. 편지 한 장을 쓰더라도 붓 가는 대로만 쓸 수 없다. 붓 가는 대로 써서 되는 것은 낙서밖에 없다고 생각한다. 수필을 '일정한 형식이 없이 생각 나는 대로 쓰는 글'이라고 정의한 것은 수필을 문학으로 볼 수 없다는 논리와 같기 때문에 수정되어야 한다. 수필이 예술성을 추구하는 문학의 한 장르인 이상, 작가의 주제의식에 따라 주제의 의미 부여가 확실하게 있어야 할 것이며, 작가의 치밀한 계획에 따라 주제를 전달할 수 있는 효과적인 구성이 이루어져야 할 것이다.

　　둘째, 수필은 자신을 들여다보는 성찰의 문학이다. 수필만큼 우리에게 감동을 주고 가슴을 뭉클하게 하는 문학이 있을까. 슬픈 내용이 담겨 있을 때에 내 일처럼 가슴이 아프고, 기쁜 내용이 담겨 있을 때에 하늘을 날 듯이 기뻐한다. 그것은 수필이 실제 이야기, 경험에서 우러나온 것이기에 더욱 그렇다. 「우동 한 그릇」이라는 수필을 읽고 많은 사람이 눈물을 흘렸지만, 실제 이야기가 아니라는 이야기를 듣고 수필이 아니고 동화라고 불렀던 마음을 이해할 수 있을 것 같다. 세상 속에서 열심히 살아가다가 「무소유」 한 편을 읽다보면 내 몸을 깨끗하게 씻어낸 듯한 카타르시스를 느끼게 되는 것도 이런 이유에서다. '무소유'로 살아갈 수는 없지만 수필을 읽는 한 순간만이라도 우리는 행복해질 수 있다. 문학을 통해 자기 자신과 진솔하게 만날 수 있는 것은 문학의 본질을 떠나 삶을 살아가는 데에 매우 중요한 활력소가 될 것이다.

셋째, 수필은 삶의 도구로 매우 중요한 구실을 한다. 수필은 15매 내외의 글로 읽기 쉽고 전달도 빨리 이루어진다. 더욱이 졸업생들을 만나보면 출판사나 광고회사 등에서 제일 많이 쓰는 글이 수필류의 글이라고 한다. 수필을 많이 읽고 많이 쓰다보면 생각하는 힘이 솟아난다. 골목길에 있는 풀 한 포기를 보면서도 사람마다 생각이 다르다. 수많은 사람이 짓밟고 다녔는데도 살아 있는 그 풀을 보면서 '인내, 끈기'를 연상할 수도 있고, 버림 받은 것에 의미를 부여하여 '슬픔, 아픔'을 연상할 수도 있다. 한 제재를 작가가 살아온 배경에 따라 여러 의미를 부여하여 새롭게 태어난다는 것이 '수필'의 묘미가 아니겠는가.

수필의 이론에 대해 많은 선배님이 제시해 놓았는데, 특별한 이론들을 모아 가르친 것을 정리하고 겪은 내 생각들을 곁들여 보았다. 그리고 실습을 통해 많은 수필 작품을 접하고 그 수필에서 내가 배울 점은 무엇인지 찾아내는 작업을 스스로 하도록 하였다. 이론과 실습한 것을 바탕으로 실제 수필 작품을 감상하고 평을 해보는 여유도 즐겨보려고 한다. 『수필 창작론』이 수필을 사랑하는 이들에게 이론, 실습, 감상을 통해 수필의 모든 것을 가장 짧은 시간에 터득하는 귀한 선물이 되었으면 하는 조그마한 '바람'을 가져본다.

인문학의 위기를 극복하고 오로지 인문학 책만을 고집하며 만들어 온 도서출판 역락에서 출판하게 된 것을 기쁘게 생각한다. 어려운 여건 속에서도 기꺼이 출판해 주신 이대현 사장님과 박태훈 본부장님에게 깊은 감사를 드린다.

2014년 8월에
봉담골 연구실에서 정동환

차 례

제1장 **수필의 정의**

수필의 개념을 정의할 때, '수필(隨筆)'이라는 명칭의 한자(漢字) '隨'와 '筆'의 의미를 풀어서 '붓 가는 대로 쓰는 글'이라고 단정하는 경우가 많다. 이런 이유로 수필을 다른 문학 장르에 견주어 가볍게 여기기도 하고, 수필을 창작할 때 문학의 요소를 충실히 담지 않으려는 경향이 있다. 시(詩)나 소설(小說)과 같은 장르는 글자의 의미만을 가지고 풀이하지 않으면서 오직 수필만 이와 같이 보려는 것은, 이해가 되지 않는다. 우리가 알고 있는 수필의 개념이 과연 정확한 것이며 어떠한 배경을 갖고 있는 것인지 사전적 의미, 어원적 의미, 문예적 의미의 관점에서 살펴보고자 한다.

1) 사전적 의미

여러 종류의 사전을 분석하여 의미를 살펴 본 결과, 다음과 같이 공통점과 차이점을 발견할 수 있었으며 수필의 개념을 정의하는 데 많은 도움이 되었다.

① <u>일정한 형식을 따르지 않고</u> 인생이나 자연 또는 일상생활에서의 느낌
이나 체험을 <u>생각나는 대로</u> 쓴 산문 형식의 글. 보통 경수필과 중수필
로 나뉘는데, 작가의 개성이나 인간성이 두드러지게 나타나며 유머,
위트, 기지가 들어 있다. 〈표준국어대사전(국립국어원)〉

② <u>일정한 형식을 따르지 아니하고</u> 생활 체험이나 느낀 바를 <u>생각 나는
대로</u> 쓴 글. 산문 형식의 비교적 짤막한 글로서 흔히 인생과 자연에
대한 소재를 많이 다루고 있으며 개성이나 인간성이 두드러지게 나타
난다. 〈우리말 큰사전(한글학회)〉

③ 어떤 양식에도 해당되지 아니하는 산문문학의 한 부문. 인생과 자연에
대한 수상(隨想)·수감(隨感)·단상(斷想)·논고(論考)·잡기(雜記) 등이
포함되며, <u>생각 나는 대로</u>, 붓 가는 대로 <u>형식이 없이</u>, 보통 1-2 페이
지 또는 30 페이지 가량 되게도 씀. 개성적, 관조적 또는 인간성이 내
포되게, 위트·유머·예지·기지로써도 표현함. 만문(漫文), 산록(散錄),
상화(想華), 에세이. 〈국어대사전(이희승 편저)〉

④ <u>일정한 형식이 없이</u> 체험이나 감상, 의견 따위를 <u>생각나는 대로</u> 자유
롭게 쓴 작은 글. 상화(想華). 〈동아 새국어대사전(두산동아)〉

⑤ <u>형식에 얽매이지 아니하고</u> 보고 느낀 것을 <u>생각 나는 대로</u> 써 나가는
산문 형식의 짧은 글. 에세이. 〈새국어대사전(신한출판사)〉

⑥ <u>형식에 묶이지 않고</u> 듣고 본 것, 체험한 것, 느낀 것 따위를 <u>생각 나
는 대로</u> 쓰는 산문 형식의 짤막한 글, 또는 그러한 글투의 작품. 〈새우
리말 큰사전(신기철·신용철 편저)〉

⑦ The essay is composition moderate lengh, usually in prose, which deals in an easy cursory way the external condition of a subject, and in strictness, with that subject only as it affects the writer. 〈Encyclopedia Britanica〉

(에세이란 작가를 감동시키는 제재로 쉽고도 짧게 표현한 현상적인 상태이며, 보통 산문으로 엮어진 적당한 길이의 작문) 〈성기조(1994)에서 재인용〉

사전 ①, ②, ③, ④, ⑤, ⑥을 분석하면, 두 가지 공통점이 있다. 하나는 '형식에 따르지 않는다'는 것이요, 하나는 '생각 나는 대로 쓴다'는 것이다. 그러나 ①, ②, ③, ⑦을 분석하면, 세 가지 공통점이 있다. '붓 가는 대로 쓰는 글'이라는 전제 아래, 개성·관조·인간성이 내포되어야 하고, 위트·유머·예지·기지가 있어야 하며, 작가를 감동시키는 제재만을 선택해야 한다는 것이다. ①, ②, ③, ④, ⑤, ⑥의 두 가지 공통점과 ①, ②, ③, ⑦의 세 가지 공통점은 서로 상반되는 내용이기 때문에 함께 서술할 수 없다. 형식에 따르지 않고 생각 나는 대로 써서, 개성·관조·인간성이 있고 위트·유머·예지·기지가 있는 수필을 어떻게 쓸 수 있을까. 생각 나는 대로 써서 과연 이러한 요건들을 충족시킬 수 있을지 의문이다. 편지 한 장을 쓰더라도 생각 나는 대로만 쓸 수 없다. 생각 나는 대로 써서 되는 것은 낙서밖에 없다고 생각한다. 수필을 '일정한 형식이 없이 생각 나는 대로 쓰는 글'이라고 정의한 것은 수필을 문학으로 볼 수 없다는 논리와 같기 때문에 수정되어야 한다. 수필이 예술성을 추구하는 문학의 한 장르인 이상, 작가의 주제의식에 따라 주제의 의미 부여가 확실하게 있어야 할 것이며, 작가의 치밀한 계획에 따라 주제를 전달할 수 있는 효과적인 구성이 이루어져야 할 것이다.

2) 어원적 의미

① 予習賴 讀書不多 意之所之 隨卽記錄 因其後先 無復詮次 故目曰隨筆 〈容齊隨筆(74권 5집)〉

나는 게으른 버릇으로 책을 많이 읽지 못하였다. 그 때마다 뜻하는 바가 있으면 기록을 했는데, 앞뒤 차례를 다시 정돈하지 아니하였다. 그러므로 명목을 달아 이르기를 '수필'이라고 하였다.

② Certain brief notes, set down rather significantly, then curiously, which have called Essays. 〈The Essays(1612, Francis Bacon)〉

(기교를 부렸다기보다는) 오히려 신중하게 그리고 호기심 있게 쓰여진 어떤 비망록을 에세이라 이름 붙였다. 〈성기조(1994)에서 재인용〉

동양에서 '수필'이란 용어를 사용하여 개념을 정의한 문헌으로는 『용제수필』이 처음이다.

남송(南宋) 때의 학자인 홍매(洪邁, 1123-1202)는 『용제수필』 서문 ①에서 '뜻하는 바가 있으면 앞뒤 차례를 가리지 않고 기록한 것'을 '수필'이라고 밝혔다. 이 글을 문장 그대로 이해하면, 수필은 '생각 나는 대로 아무렇게나 쓴 글'이라고 받아들일 수 있다. 그러나 그렇지 않다.

당시에는 유교의 경전이 올바른 학문이요, 그밖의 글은 잡문으로 여겼다. 따라서, '게으른 버릇으로 책을 많이 읽지 못했다', '앞뒤 차례를 정돈하지 못하고 기록했다'하는 것은 글쓴이의 겸손한 자세에서 나온 말이다. 홍매는 남다른 학문의 세계를 이룬 문필가임에도 불구하고 자기 자신을 낮추고 있다. 이와 같은 예를 이제현의 『역옹패설』에서도 찾을 수 있다. 이제현은 시문에 매우 뛰어난 문필가인데도 자기의 글을 '패설(稗說)' 곧 '잡문'이라고 겸양의 미덕을 보이고 있다.

따라서, 이러한 배경은 생각하지 아니하고 어원적 의미만을 바탕으로 수필을 '붓 가는 대로 쓰는 글'이라고 보는 것은 잘못이다. 수필이란 말을 해석한 이들이 낱말의 겉뜻에만 매이고 홍매가 쓴 말의 속뜻을 짚지 못함으로써 뜻매김을 잘못해 놓았고, 수필이론을 세우는 이들이 이를 좇아 온당치 못한 데로부터 출발을 했던 것이다(강희근 : 1986). 과거에 잘못 이해했던 개념에서 벗어나, 어원적 의미를 명확하게 해석하는 일이 수필의 위상을 높이는 지름길이라는 것을 인식해야 한다.

서양에서 'essay'란 용어는 불어 'essai'에서 유래되었다. 'essai'는 라틴어 'exigere'에서 기원을 찾는데, 이는 '시험(試驗) testing', '계획(計劃) attempt'의 의미를 지닌다(성기조 : 1994). '시험'이나 '계획'의 의미 속에 '붓 가는 대로'라는 의미를 전혀 발견할 수 없다.

에세이란 말을 처음 쓴 사람은 몽테뉴(Montaigne, 1538-1592)이다. 그는 자신의 사사로운 일을 솔직히 고백한 작품을 모아 『수상록, Las Essais : 1580』이라고 붙였는데, 이를 통해 인생과 자연을 관조하며 생애의 체험에서 터득한 사색의 조각들을 솔직하게 고백하였다. 몽테뉴는 『수상록』의 서문 '독자에게'에서 에세이를 쓴 의도를 밝히고 있다.

독자여, 여기 이 책은 성실한 마음으로 씌어진 것이다. 이 작품은 초기부터 내 집안 일이나 사삿일을 말해보는 것밖에 다른 어떤 목적도 있지 않음을 말해 둔다. 이것은 추호도 그대를 위해서 봉사하거나, 내 영광을 도모해서 한 일이 아니다. 그런 생각은 내 힘에 겨운 일이다. 나의 일가 권속이나 친구들의 편의를 도모하기 위한 것으로, 내가 세상을 떠난 뒤에 (오래잖아 그렇게 되겠지만), 그들이 내 어느 모습이나 기분의 특징을 몇 가지 이 책에서 찾아보며 나에 관해 알고 있는 지식을 더 온전하고 생생하게 간직하도록 하려는 것이다.

이것이 세상 사람들의 호평을 사기 위한 기도였다면, 나는 내 자신을 좀

더 잘 장식하고 조심스레 연구해서 내보였을 것이다. 모두들 여기 내 생긴 그대로, 자연스럽고 평범하고 꾸밈없는 별것 아닌 나를 보아주기 바란다. 왜냐하면 내가 묘사하는 것은 내 자신이기 때문이다. 내 결점들이 여기 있는 그대로 나온다. 터놓고 보여줄 수 있는 한도에서 천품 그대로의 내 형태를 내놓는다. 만일 내가 아직도 대자연의 태초의 법칙 아래 감미로운 자유를 누리며 살고 있다는 국민 속에서 태어났다면, 나는 기꺼이 내 자신을 통째로 적나라하게 그렸으리라는 것을 장담한다.

그러니 독자여, 여기서는 내 자신이 바로 책자의 재료이다. 이렇게도 경박하고 헛된 일이니, 그대가 한가한 시간을 허비할 거리도 못될 것이다.

✎ 몽테뉴『수상록』(1965, 손우성 역)에서

위의 글을 보고 많은 이가, '몽테뉴가 자신의 수필이 인생의 내부적인 문제, 명상적이고 주관적이며 설화적인 내용을 자유로운 마음으로 고백한 글'이라고 지적하면서 '붓 가는 대로 쓴 글'이라는 의미로 사용한 '수필(隨筆)'의 뜻과 합치된다(이향아 : 2000)고 보고 있는데, 이는 동의하기 어려운 견해이다.

몽테뉴의 이 글은, '성실한 마음으로 씌어진 것', '내 자신을 적나라하게 그린 것'으로 요약할 수 있다. 그리고 마지막 부분에 '경박하고 헛된 일이니, 한가한 시간을 허비할 거리도 못된다'고 자신을 겸손하게 낮추고 있다. 작가는 내 자신을 그린 것에 대해서는 겸손해질 수밖에 없으며, 겸양의 미덕을 발휘하는 것이 인간 본연의 모습이다. 이를 '붓 가는 대로 쓴 글'이라는 의미로 받아들이는 것은 온당하지 못하다고 본다.

몽테뉴의 『수상록』이 나온 2년 뒤에 베이컨의 『수상집』이 발간되었다. 영국의 베이컨에 와서 수필은 현저한 발전을 보게 되있는데, 그의 『수상집』제2판(1612)에서 위의 ②와 같이 '수필은 신중하고 호기심 있게 씌어진 비망록'이라 규정하고 있다. 베이컨은 개인의 사사로운 일에서부터 나라의 커다란 문제에 이르기까지 광범위하게 다루면서 개인적인 입장보다는 권위 있는 고인의 문장을 인용하여 슬기롭게 글을 썼다. 더욱이, 신중하고 호기심 있게 써야 한다고 기록한 것을 보면 수필이 다른 어느 문학 못지않게 각고의 노력 끝에 생기는 결실이라고 보아야 한다. 수필을 '붓 가는 대로 쓴 글'이라고 단순하게 몰아붙이는 것은 문제가 있다.

3) 문예적 의미

피천득은 「수필」이라는 글에서, 김광섭은 「수필문학 소고」라는 글에서 수필을 문예적으로 형상화하여 기술하고 있다.

수필은 청자(靑瓷) 연적이다. 수필은 난(蘭)이요, 학(鶴)이요, 청초하고 몸맵시 날렵한 여인이다. 수필은 그 여인이 걸어가는 숲속으로 난 평탄하고 고요한 길이다. 수필은 가로수 늘어진 페이브먼트가 될 수도 있다. 그러나 그 길은 깨끗하고 사람이 적게 다니는 주택가에 있다.

수필은 청춘의 글은 아니요, 서른 여섯 살 중년 고개를 넘어선 사람의 글이며, 정열이나 심오한 지성을 내포한 문학이 아니요, 그저 수필가가 쓴 단순한 글이다.

수필은 흥미는 주지마는 읽는 사람을 흥분시키지는 아니한다. 수필은 마음의 산책이다. 그 속에는 인생의 향취와 여운이 숨어 있는 것이다.

수필의 색깔은 황홀 찬란하거나 진하지 아니하며, 검거나 희지 않고 퇴락하여 추하지 않고, 언제나 온아우미(溫雅優美)하다. 수필의 빛은 비둘기빛이거나 진주빛이다. 수필이 비단이라면 번쩍거리지 않는 바탕에 약간의 무늬가 있는 것이다. 그 무늬는 읽는 사람의 얼굴에 미소를 띠게 한다.

수필은 한가하면서도 나태하지 아니하고, 속박을 벗어나고서도 산만하지 않으며, 찬란하지 않고 우아하며 날카롭지 않으나 산뜻한 문학이다.

수필의 재료는 생활 경험, 자연 관찰, 또는 사회현상에 대한 새로운 발견,

무엇이나 다 좋을 것이다. 그 제재(題材)가 무엇이든지 간에 쓰는 이의 독특한 개성과 그때의 무드에 따라 '누에의 입에서 나오는 액이 고치를 만들 듯이' 수필은 써지는 것이다. 수필은 플롯이나 클라이맥스를 필요로 하지 않는다. 가고 싶은 대로 가는 것이 수필의 행로(行路)이다. 그러나 차를 마시는 거와 같이 이 문학은 그 방향(芳香)을 갖지 아니할 때에는 수돗물같이 무미(無味)한 것이 되어버리는 것이다.

수필은 독백(獨白)이다. 소설가나 극작가는 때로 여러 가지 성격을 가져보아야 된다. 셰익스피어는 햄릿도 되고 플로니우스 노릇도 한다. 그러나 수필가 램은 언제나 찰스 램이면 되는 것이다. 수필은 그 쓰는 사람을 가장 솔직하게 나타내는 문학형식이다. 그러므로 수필은 독자에게 친밀감을 주며, 친구에게서 받은 편지와도 같은 것이다.

덕수궁 박물관에 청자 연적이 하나 있었다. 내가 본 그 연적은 연꽃 모양을 한 것으로, 똑같이 생긴 꽃잎들이 정연히 달려 있었는데, 다만 그중에 꽃잎 하나만이 약간 옆으로 고부라졌었다. 이 균형 속에 있는 눈에 거슬리지 않은 파격(破格)이 수필인가 한다. 한 조각 연꽃잎을 꼬부라지게 하기에는 마음의 여유를 필요로 한다.

이 마음의 여유가 없어 수필을 못 쓰는 것은 슬픈 일이다. 때로는 억지로 마음의 여유를 가지려 하다가 그런 여유를 갖는 것이 죄스러운 것 같기도 하여 나의 마지막 십분의 일까지도 숫제 초조와 번잡에 다 주어 버리는 것이다.

✎피천득 「수필」 전문

위의 피천득 「수필」에서 내용을 요약하면 다음과 같이 정리할 수 있다.

> • 수필은 청자 연적이다.
> • 수필은 난이요, 학이요, 청초하고 몸맵시 날렵한 여인이다. 수필은 그 여인이 걸어가는 숲 속으로 난 평탄하고 고요한 길이다.

- 수필은 중년의 길이다.
- 수필은 마음의 산책이다.
- 수필은 산만하지도 찬란하지도 우아하지도 날카롭지도 않은 산뜻한 문학이다.
- 수필의 재료는 생활경험, 자연관찰, 또는 사회현상에 대한 새로운 발견 등 무엇이나 다 재료가 된다.
- 수필은 마치 방향(芳香)을 갖는 차와 같이 향기로워야 하는 글이다.
- 수필은 자기를 솔직히 나타내는 형식이다.
- 수필은 마음의 여유를 필요로 하는 글이다.

수필에 대한 작가의 견해를 비유적으로 표현한 글인데, 수필의 정의를 문예적으로 잘 나타내고 있다. 그러나 이 글을 보면 수필이 '붓 가는 대로 쓴 글'이라고 말할 수 없다. 위에 정리한 내용을 요약하면 크게 아홉 가지로 분류할 수 있는데, 이러한 요건을 충족시키려면 붓 가는 대로 써서 될 일이 아니다. 수필은 자기를 솔직히 나타내는 형식의 글이긴 하지만 구성이 필요하고 주제 의식이 있어야 하기 때문에 결코 만만한 문학 장르가 아니라는 것으로 이해해야 할 것이다.

수필이란 글자 그대로 붓 가는 대로 씌어지는 글이다. 그러므로 다른 문학보다 더 개성적이며, 심경적이며, 경험적이다. 우리는 오늘까지의 위대한 수필문학이 그 어느 것이나, 비록 객관적 사실을 다룬 것이라 하더라도, 심경에 부딪치지 않는 것을 보지 못했다. 강렬하게 짜내는 심경적이라기보다 자연히 유로(流露)되는 심경적인 점에 그 특징이 있다. 이 점에서 수필은 시에 가깝다. 그러나 시 그것은 아니다.

우리는 시를 쓰려 한다. 소설을 지어 보려 한다. 혹은 희곡을 만들어 보고자 한다. 그러나 우리는 그 때 그 어느 것에나 함부로 달려들려는 무모한

(無謀漢)은 아니다. 동일한 작자면서도 그 태도가 서로 다르다. 시는 심령이나 감각의 전율된 상태에서, 희곡과 소설은 재료의 정돈과 구성에 있어서 과학에 가까우리만큼 엄밀한 준비에서 시작되는 것이라고 생각하고 보면, 수필은 달관과 통찰과 깊은 이해가 인격적인 평정한 심경이, 무심히 생활 주위의 대상에, 혹은 회고와 추억에 부딪쳐, 스스로 붓을 잡음에서 제작되는 형식이다. 창작이라고 하나, 수필에 있어서는 의식적 동기에서가 아니요, 결과적 현상에서다. 다시 말하면, 수필은 논리적 의도에서 제작된 일은 없다. 수필은 써 보려는 데서 시작되어 씌어진 것이다. 그것들은 작가에게서 의식적으로 제작되었다. 진실로 제작되었다. 그러나 수필은 한가로운 심경에서의 시필(試筆) 쯤에 그치는 본성을 가지고 있다. 정확하게 말하자면, 수필은 수필되었다고 하고 싶다. 그러므로, 희곡이 조직적이요, 활동적이요, 시가 운율적, 정서적이라면, 수필은 진실한 태도에서 인생을 관조하는 격이라고 비유할 수 있을 것이다. 이렇게 걷잡을 수 없으면서, 그래도 어딘가 한 줄기의 맥이 있다. 그것이 위대한 정도에 따라서 더욱 그렇다. 우리는 사람의 기분(氣分)이란 어딘가 무책임하게 기복하는 듯함을 느끼면서, 그 이면에 인격이라는 그림자가 숨어 있음을 본다. 한 개의 영혼 위에 얼마나 많은 기분이 노는가? 이 기분을 무시하여 버리면, 수필은 또한 같은 운명에서 무시될 것이다. 그러나 현명한 사람은 기분의 배면(背面)에 있는 영혼의 존재를 망각하지 않는다. 사람은 모두 다 좋은 기분에서 살 필요를 느낀다. 또한 살고자 희구(希求)도 한다. 그것은 영혼의 환경인 까닭이다. 이와 같이 수필에는 기분 가운데서 고백되고, 어둠 속에서 흐르는 광선 같은 맥이 있다. 여기에 소설이나 희곡 같이 째지 못하면서도 빛나는 경지가 있는 것이다. (중략)

인간의 생활이란, 요컨대 수필의 심경에서 성숙된다. 그러므로, 수필을 써 보지 못하고 수필을 끝마친 문인이 있다면, 나는 그를 인간성으로 보아 불행하다 하고 싶고, 또한 문학 성격의 전면으로 보아 불행하다 하고 싶다. 생활은 시와 산문의 조화에서 성숙된다. 그것이 문학으로 볼 때 곧 수필이다. 그러므로, 수필의 성격은 인간의 성격이라 하면 가장 타당할 것이다.

✎ 김광섭 「수필문학소고」에서

위의 김광섭 「수필문학소고」에서 수필에 관한 내용을 요약하면 다음과 같다.

- 수필은 글자 그대로 붓 가는 대로 씌어지는 글이다. 그러므로 다른 문학보다 더 개성적이고, 심경적이며, 경험적이다.
- 수필은 달관과 통찰과 깊은 이해가 인격화된 평정한 심경이 무심히 생활주위의 대상에 혹은 회고와 추억에 부딪혀 스스로 붓을 잡음에서 제작되어지는 형식이다.
- 수필에 있어서는 의식적 동기에서가 아니요, 결과적 현상에서다.(수필은 논리적 의도에서 제작된 것이 아니고 수필은 써 보려는 데서 시작되어 씌어진 것이다.)
- 수필은 진실한 태도에서 인생을 관조하는 격이라고 비유할 수 있다.

수필을 '붓 가는 대로 쓴 글'이라고 생각하도록 자료 제공을 한 원전이 바로 김광섭의 '수필문학 소고' 첫 문장이다. 이 글이 발표된 이후, 수필하면 '붓'을 연상하게 된 것이다. 그러나 이것은 우리가 잘못 이해한 것이다. 이 문장 다음에 '그러므로 다른 문학보다 더 개성적이고 심경적이며 경험적이다.'라는 문장을 주목해야 한다. 붓 가는 대로 쓴 글이 어떻게 다른 문학보다 더 개성적이고 심경적이며 경험적일 수 있는가. 첫 문장으로 보아 수필은 구성이나 창작 과정의 아픔을 부정하는 듯한 강한 인상을 주지만, 이는 다른 장르에 비하여 자연스러움과 진실성을 요구하는 말이지 아무렇게나 닥치는 대로 형식적 제약도 없이 써도 되는 글이라는 의미와는 다른 뜻이었다.

지금까지 사전적 의미, 어원적 의미, 문예적 의미의 관점에서 수필의 개념을 살펴보았다. 살펴 본 결과, 수필은 우리가 생각해 온 것처럼 '붓 가는 대로 쓴 글'이라고 단순하게 볼 수 없는 문학 장르라는 것을 인식하였다.

수필이 문학인 한 절대로 붓 가는 대로 쓸 수는 없을 것이며 그것이 예술성을 추구하는 한 작가 나름의 치밀하고 계획된 구성이 따르지 않으면 안 된다(정주환 : 1994). 수필은 작가가 의도하는 대로 다양하게 쓴 산문이다. 수필은 작가가 어떤 사물이나 인생의 한 단면에 대한 견해, 인상, 관찰 등을 다양하게 써 나간 글이다.

학과		학번		이름	

1. 사전적 의미의 관점에서 수필을 정의한다면 어떠한 점을 바르게 잡아야 할지 설명하시오.

2. 어원적 의미의 관점에서 수필을 정의한다면 어떠한 점을 바르게 잡아야 할지 설명하시오.

3. 문예적 의미의 관점에서 수필을 정의한다면 어떠한 점을 바르게 잡아야 할지 설명하시오.

4. 사전적 의미, 어원적 의미, 문예적 의미를 참고하여 각자 수필의 정의를 만들어 표현해 보시오.

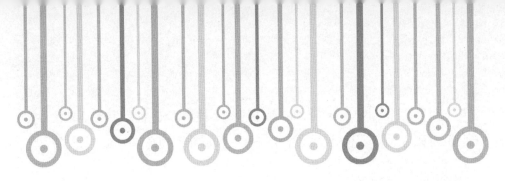

제2장 **수필의 종류**

　수필은 경(經)수필과 중(重)수필로 구분해 왔는데, 요즘은 수필가와 연구자의 관점에 따라 다양하게 분류하고 있다. 정진권(2000)은 제작 시기에 따라 고전수필과 현대수필, 예상 독자에 따라 어른을 대상으로 하는 수필과 어린이를 대상으로 하는 수필(童隨筆), 글의 내용에 따라 개인적 수필과 사회적 수필로 나누었다. 정목일, 전영숙, 신상성(2000)은 수필과 에세이, 포멀 에세이와 인포멀 에세이, 에세이와 미셀러니, 수필의 성격적 구분으로 나누어 설명하고 있다. 글쓴이는 과거의 경수필과 중수필의 용어를 그대로 따르되 이철호(2005)가 제시한 가벼운 수필과 무거운 수필이란 토박이말 용어를 받아들이는 것이 바람직하다고 본다.

　가벼운 수필은 서정적이거나 감성적이고 무거운 수필은 논리적이거나 이지적이며, 가벼운 수필은 부드럽고 우아한데 무거운 수필은 직선적이고 부드럽지 못하다. 또한 가벼운 수필은 개인 주변의 사소한 일이 대부분이기 때문에 고백적이고 무거운 수필은 사회적인 문제를 다루고 있기 때문에 객관적이고 논리적일 수 있다. 그러나 대부분 이렇게 나눌 수 있다는 것이지, 모든 수필을 칼로 무를 자르듯이 정확하게 가벼운 수필과 무거운 수필로 나눌 수 있는 것은 아니다.

이철호(2005)가 제시한 가벼운 수필과 무거운 수필의 차이점을 제시하면 다음과 같다.

1) 가벼운 수필

(1) 감성적, 정감적, 은유적이다.

(2) 그 표현에 있어 보다 부드럽고 우아하며 문학적이다. 또 시적인 표현도 자주 발견된다.

(3) 자기 고백적이며, 개인의 신변 문제나 주변의 사소한 일들을 다룬 경우가 많다.

(4) 비형식적, 비논리적, 비비평적이다.

(5) 주관적, 개성적, 신비적인 경향이 있다.

(6) 위트나 유머가 담겨 있는 경우가 많다.

(7) 그 분량이 대개 원고지로 10-15매 정도로 짧은 편이다.

2) 무거운 수필

(1) 이지적, 논리적, 지성적, 논설적, 직설적이다.

(2) 그 표현에 있어 보다 딱딱하고 직선적이며 학술적, 철학적이다. 또 강건한 문체나 메마른 문체 등이 많이 쓰인다. 시적인 표현이 적다.

(3) 자기 고백적인 내용이 적다. 대신 사회 현실 문제나 공공의 문제 등을

많이 다룬다.

(4) 냉철하고도 이성적이며, 보다 객관적, 철학적, 논리적, 보편적, 사색적이다.

(5) 형식적이며 비평적이다.

(6) 몰개성적이며 위트나 유머가 있다.

(7) 현실적이다.

(8) 그 분량이 대개 많은 편이다.

수필 가운데에는 대부분 가벼운 수필이 많고, 수필가들은 가벼운 수필을 많이 쓰려는 경향이 있었으며 무거운 수필은 일부 대학교수, 철학자, 언론인 등이 주로 작품을 발표했다고 볼 수 있다. 많은 사람에게 감동을 주는 가벼운 수필도 중요하지만 사회적인 큰 문제를 무거운 수필로 다루는 것도 수필의 폭을 넓히는 중요한 계기가 된다는 것을 잊지 말아야 할 것이다.

나무는 덕을 가졌다. 나무는 주어진 분수에 만족할 줄 안다. 나무로 태어난 것을 탓하지 아니하고, 왜 여기 놓이고 저기 놓이지 않았는가를 말하지 아니한다. 등성이에 서면 햇살이 따사로울까, 골짜기에 내려서면 물이 좋을까 하여, 새로운 자리를 엿보는 일도 없다. 물과 흙과 태양의 아들로 물과 흙과 태양이 주는 대로 받고, 후박(厚薄)과 불만족을 말하지 아니한다. 이웃 친구의 처지에 눈떠 보는 일도 없다. 소나무는 진달래를 내려다보되 깔보는 일이 없고, 진달래는 소나무를 우러러보되 부러워하는 일이 없다. 소나무는 소나무대로 스스로 족하고, 진달래는 스스로 족하다.

나무는 고독하다. 나무는 모든 고독을 안다. 안개에 잠긴 아침의 고독을 알고, 구름에 덮인 저녁의 고독을 안다. 부슬비 내리는 가을 저녁의 고독도 알고, 함박눈 펄펄 날리는 겨울 아침의 고독도 안다. 나무는 파리 옴짝 않는 한여름 대낮의 고독도 알고, 별 얼고 돌 우는 동짓달 한밤의 고독도 안다.

그러나 나무는 어디까지든지 고독에 견디고 고독을 이기고 또 고독을 즐긴다. (중략)

　나무에 하나 더 원하는 것이 있다면 그것은 천명(天命)을 다한 뒤에 하늘 뜻대로 다시 흙과 물로 돌아가는 것이다. 그러나 사람은 가다 장난 삼아 칼로 제 이름을 새겨 보고, 흔히는 자기 소용 닿는 대로 가지를 쳐 가고, 송두리째 베어 가고 한다. 나무는 그래도 원망하지 않는다. 새긴 이름은 도리어 그들의 원대로 키워지고, 베어 간 재목이 혹 자길 해칠 도끼자루가 되고 톱 손잡이가 된다 하더라도 이렇다 하는 법이 없다. 나무는 훌륭한 견인주의자요, 고독의 철인이요, 안분지족의 현인(賢人)이다. 불교의 소위 윤회설이 참말이라면 나는 죽어서 나무가 되고 싶다.

　"무슨 나무가 될까?" 이미 나무를 뜻하였으니 진달래가 될까. 소나무가 될까는 가리지 않으련다.

✎ 이양하 「나무」에서

　나무의 특성을 잘 잡아내어 감성적, 정감적, 은유적 필치로 잘 그려낸 수필 작품이다. 나무는 주어진 분수에 만족할 줄 아는 덕을 지니고 있고 주어진 고독을 슬기롭게 즐길 줄 알며 자기를 해치는 자가 있어도 원망하지 않는다. 드러내지는 않았지만 인간으로서 나무에게 배울 점이 많이 있다는 것을 자기 고백적으로 개성 있게 표현하고 있다. 부드럽고 문학적이며 시적인 분위기도 내포하고 있어 가벼운 수필로 볼 수 있는 대표적인 작품이다.

　철학을 철학자의 전유물인 것처럼 생각하고 있는 사람들이 많이 있다. 그러나, 그렇게 생각하는 것도 결코 무리한 일은 아니니, 왜냐하면 그만큼 철학은 오늘날 그 본래의 사명 ― 사람에게 인생의 의의와 인생의 지식을 교시(敎示)하려 하는 의도를 거의 방기(放棄)하여 버렸고, 철학자는 속세와 절연(絶緣)하고, 관외(關外)에 은둔하여 고일(高逸)한 고독경(孤獨境)에서 오로지 자기의 담론에만 경청하고 있기 때문이다. 이와 같이, 철학과 철학자가 생활의 지각을 완전히 상실하여 버렸다는 것은 참으로 슬픈 일이다. 그러므로, 생활 속에서 부단히 인생의 예지를 추구하는 현대 중국의 '양식의 철학자' 임어당이 일찍이 "내가 임마누엘 칸트를 읽지 않는 이유는 간단하다. 석 장 이상 더 읽을 수 있었을 적이 없기 때문이다"라고 말했는데, 이 말은 논리적 사고가 과도의 발달을 성수(成遂)하고, 전문적 어법이 극도로 분화한 필연의 결과로서 철학이 정치·경제보다도 훨씬 후면에 퇴거되어, 평상인은 조금도 양심의 가책을 느끼지 않고 철학의 측면을 통과하고 있는 현대 문명의 기묘한 현상을 지적한 것으로서, 사실상 오늘에 있어서는 교육이 있는 사람들도 대개는 철학이 있으나 없으나 별로 상관이 없는 대표적 과제가 되어 있는 것을 부정하기는 어렵다. (중략)

나는 흔히 철학자에게 생활에 대한 예지의 부족을 인식하고 크게 놀라는 반면에는, 농산어촌(農山漁村)의 백성 또는 일개의 부녀자에게 철학적인 달관을 발견하여 깊이 머리를 숙이는 일이 불소(不少)함을 알고 있다. 생활인으로서의 나에게는 필부필부(匹夫匹婦)의 생활체험에서 우러난 소박 진실한 안식(眼識)이 고명한 철학자의 난해한 글보다는 훨씬 맛이 있다는 것을 고백하지 않을 수 없다. 원래 현실적 정세를 파악하고 투시하는 예민한 감각과 명확한 사고력은, 혹종의 여자에 있어서 보다 더 발견되고 있으므로, 나는 흔히 현실을 말하고 생활을 하소연하는 부녀자의 아름다운 음성에 경청하여, 그 가운데서 또한 많은 가지가지의 생활철학을 발견하는 열락(悅樂)은 결코 적은 것이 아니다.

하나의 좋은 경구는 한 권의 담론서(談論書)보다 나은 것이다. 그리하여, 언제나 인생의 지식인 철학의 진의를 전승하는 현철(賢哲)이 존재한다는 것은 고마운 일이다. 그래서, 이러한 무명의 현철은 사실상 많은 생활인의 머리 속에 숨어있는 것이다. 생활의 예지 ― 이것이 곧 생활인의 귀중한 철학이다.

✎ 김진섭 「생활인의 철학」에서

철학은 일반 사람들에게는 생소한 것으로 인식되어 왔는데, 수필 작품으로 다루면서 철학은 먼 곳에 있는 것이 아니라 우리 생활 속에서도 찾을 수 있다는 인식을 갖게 해 준 수필 작품이다. 논리적이고 지성적이며 직설적으로 표현이 되어 있고 묘사가 딱딱하면서 메마른 문체이긴 하지만 냉철하게 이성적으로 잘 표현하고 있다. '생활의 예지'가 생활인의 귀중한 철학이라는 메시지를 전하기 위해 의도적으로 그려낸 무거운 수필의 대표적인 작품이다.

학과		학번		이름	

1. '가벼운 수필'의 예를 세 문단 이상 소개하고, '가벼운 수필'로 보게 된 기준을 설명하시오.

2. '무거운 수필'의 예를 세 문단 이상 소개하고, '무거운 수필'로 보게 된 기준을 설명하시오.

제3장 **수필의 특성**

　수필은 독자의 아픈 마음을 달래주기도 하고 행복한 마음을 더 따뜻하게 느낄 수 있도록 해주기도 하며 판단이 바르지 못할 때 날카롭게 폐부를 찌르는 지성의 무게도 가질 수 있도록 해주는 마력이 있어야 한다. 수필의 특성에 대하여 많은 수필가와 연구자들이 논의한 바 있다. 성기조(1994), 장백일(1998)은 수필의 특성을 산문의 문학, 형식이 자유롭고 다양한 문학, 해학과 비평정신의 문학, 예술성과 심미성과 철학성이 있는 문학이라고 하였다. 정목일, 전영숙, 신상성(2000)은 수필의 특성을 개성의 자조문학, 무형식의 형식문학, 산문의 문학, 다양한 제재의 문학, 해학적 비평 정신의 문학, 예술성과 철학성을 융해시킨 문학, 경지의 문학이라고 규정하였다.

　수필의 특성으로 많이 거론되고 있는 개성적인 문학, 산문의 문학, 제재 선택이 자유로운 문학, 형식이 다양한 문학으로 나누어 살펴보고자 한다.

1) 개성적인 문학

개성은 더 이상 분할할 수 없는 독립적인 개체를 다른 개체와 구별할 수 있게 하는 특성을 갖고 있다. 본래 개성은 '나눌 수 없는 것(indivisible)'이라는 의미를 지니고 있다. 전체로서 독자적인 것, 그래서 다른 것과는 확실히 구별되는 것, 그것이 개성이다.

문학의 문학다움, 곧 문학성은 일반적으로 개성적인 데에 있다. 개성은 문학의 본질이다. 하나의 문학작품은 과거든 동시대이든 다른 작품과 닮은 점이 없는, 독특하고 개성적인 면을 지니고 있다(문학이론연구회 : 1987). 더욱이 고백문학인 수필은 작가의 개인적인 진실을 바탕으로 하기 때문에 다른 문학 장르보다 개성이 잘 나타나 있다. 김광섭은 「수필문학 소고」에서 수필이 개성적이라는 것을 강조하고 있다.

······그러므로 다른 문학보다 더 개성적이며, 심경적이며, 경험적이다. 우리는 오늘까지의 위대한 수필문학이 그 어느 것이나 비록 객관적 사실을 다룬 것이라 하더라도 심경에 부딪치지 않은 것을 보지 못했다. 강렬하게 짜내는 심경적이라기보다 자연히 유로되는 심경적인 점에 그 특징이 있다.

수필은 다른 문학보다 '개성'이 중요하다는 것을 보여 주고 있는데, 그 개성은 '심경'과 '경험'이 밑바탕을 이루고 있다는 것이다. 인생을 살아가면서 체험하는 삶의 한 과정인 경험은, 사람마다 다르다. 같은 경우가 있다 하더라도 느끼는 심경은 각자 다르다. 마음에 없는 것을 틀에 맞추기 위해서 인위적으로 구성하는 것이 아니라, 자연스럽게 물 흐르듯이 이루어지는 것이 수필이다.

수필은 알고 있는 지식과 갖고 있는 이상과 즐기고 있는 취미를 관조적인 입장에서 들여다 보는 것이기 때문에, 느끼는 관점은 사람마다 다르다. 길에 박혀 있는 돌 한 개, 뜰에 피어 있는 꽃 한 송이, 나무에 앉아 있는 새 한 마리도 글을 쓰는 이의 심경에 따라 개성적으로 표현되는 것이다.

길에 박혀 있는 돌을 보면서 '외로움'으로 의미 부여를 할 수도 있고, '강인함'으로 의미 부여를 할 수 있다. 빨간 장미꽃을 보면서 '아름다움'으로 의미를 부여할 수도 있고, 장미꽃 줄기의 가시를 보면서 '사악함'으로 의미를 부여할 수도 있다. 같은 대상이라 하더라도 느끼는 사람마다 심경이 다르기 때문에, 개성이 있게 작품 창작을 할 수 있다.

절에는 가끔 도둑이 든다. 절이라고 이 지상의 풍속권에서 예외는 아니다. 주기적으로 기웃거리는 단골 도둑이 있어 허술한 문단속에 주의를 환기시킨다. 날마다 소용되는 물건을 몽땅 잃었을 때 괘씸하고 서운한 생각이 고개를 들려고 했다. 그러자 본래무일물(本來無一物)이 그 생각을 지워 버렸다. 한동안 맡아 가지고 있던 걸 돌려보낸 거라고. 자칫했더라면 물건 잃고 마음까지 잃을 뻔하다가 공수래 공수거(空手來 空手去)의 교훈이 내 마음을 지켜 주었던 것이다.

대중 가요의 가사를 빌릴 것도 없이, 내 마음 나도 모를 때가 없지 않다. 정말 우리 마음이란 미묘하기 짝이 없다. 너그러울 때는 온 세상을 다 받아들이다가 한번 옹졸해지면 바늘 하나 꽂을 여유조차 없다. 그러한 마음을 돌이키기란 결코 쉬운 일이 아니다. 그러나 그것이 내 마음이라면 그 누구도 아닌 나 자신이 활용할 수 있어야 한다. 화나는 그 불꽃 속에서 벗어나려면 외부와의 접촉에도 신경을 써야겠지만, 그보다도 생각을 돌이키는 일상적인 훈련이 앞서야 한다.

그래서, 마음에 따르지 말고 마음의 주인이 되라고 옛사람들은 말한 것이다.

✎ 법정 「회심기(回心記)」에서

절에 도둑이 들어 소용되는 물건을 잃어 버렸을 때, 글쓴이는 '본래 무일물(아무것도 가진 것이 없음)'이기 때문에 한 동안 맡아 가지고 있던 것을 돌려보낸 것이라고 의미 부여를 했다. 화나는 일이 있으면 생각을 돌이키는 일상적인 훈련이 필요하고, 어떤 상황이 벌어지면 마음에 따르지 말고 마음의 주인이 되어야 한다는 모습에서 성직자의 글이라는 것을 쉽게 알 수 있다. 이처럼 수필은 직업, 취미, 관심사에 따라서 글쓴이의 개성을 가장 잘 드러낼 수 있는 문학이다.

2) 산문의 문학

댄지거(M.K. Danziger)와 존슨(W.S. Jhonson)은 저서 '비평개론'에서 장르 구분의 기준을 작품의 표현매체, 작품 속에 수용된 제재의 성격, 창작 목적과 작가의 태도, 독자와의 관계에서 고려된 상황으로 제시하였다. 이 기준의 '작품의 표현매체' 관점에서 보면, 문학은 운문과 산문으로 구분할 수 있다.

운문은 읽는 이의 감정에 강한 인상을 주어 상상력을 통해 감동을 일으키는 데에 있다. 그러나 산문은 객관성과 논리성이 있어야 한다.

윤오영은 「수필 쓰는 법」에서 산문정신에 대하여 정리하고 있다.

수필은 산문정신으로 쓰는 글이며, 시적 감동을 줄 수 있게 쓸 수는 있어도 시적 논리에 의해 쓰여지는 글이 아니다. 산문정신이란, 대상을 감정적으로 보지 않고 객관적 사실 개념에 의해 과장하지 않는 것을 말한다.

수필은 산문정신이 있어야 하는데, 산문정신의 중요한 핵은 객관성이다. 수필은 시적 감동을 줄 수는 있지만, 시적 논리에 의해 씌어져서는 안 된다고 보고 있다. 수필이 산문으로 씌어지는 것이 원칙이지만, 운문으로 씌어지는 경우도 있을 것이다. 수필이 운문으로 씌어진다면, 함축된 낱말을 선택하고 나열하는 과정에서 관념적이고 추상적이며 상징적으로 흐를 수 있기 때문에 수필의 모습이 지워질 염려가 있다. 그러나 수필 속에 시를 다소 첨가하면, 오

히려 시적 감동을 줄 수 있어서 주제를 드러내고 의미를 부여하는 데 효과적
일 것이다.

> 4월은 몹쓴 달
> 죽은 땅에서 라일락 길러내고
> 회억(回憶)과 소망 한데 버무리며
> 우둔한 뿌리를 봄비로 흔든다.
>
> 〈T · S · 엘리엇〉

봄을 기다리는 마음! 대체 글제치고 이 글제같이 나에게 괴로운 글제는
없겠다. 왜 그러냐 하면 나에게는 별로 기다리는 바가 없을 뿐 아니라 봄은
말하자면 여름과 한가지로 나의 두려워하는 시절의 하나가 되기 때문이다.
더욱이 내가 맞이할 서울의 봄 - 종로의 먼지로 시작하여 장충단 창경원으
로 몰려다니는 사람 사람의 떼로 종막(終幕)을 맺는 혼탁하고도 소란한 봄 -
그것은 정히 가장 두려워하는 바로 생각만 하여도 일종의 생리적 외축(畏縮)
또는 반발을 억제할 수 없는 것이다.
일 년을 두고 말하면 나의 사랑하는 시절은 가을이요 겨울이다. 이것은
하나는 나의 체질이 튼튼하지 못한 때문이겠지만 나는 가을이요 겨울이라야
평상의 내 자신을 회복하고 유지할 수 있다. 봄바람이 불기 시작하자 나의
머리는 혼란하고 나의 감각은 마비되기 시작하여 나는 모든 것을 적당히 감
각할 수 없고 모든 것을 적당히 생각할 수도 없게 된다. 말초 신경의 일시
적 흥분 내지 난무는 있어도 그 가운데 아무런 질서, 아무런 통일도 가지지
못하기 때문에 결국 남는 것은 다만 심신의 과도한 피로뿐이요 또 나의 생
각하는 바에도 역(亦) 끊임없는 배회와 선전(旋轉)은 있다 할지라도 하나의
능(稜) 하나의 각(角)을 이룸이 없으므로 필경은 혼란에 시종되고 일편의 결
정, 일편의 사상도 얻어 볼 수 없게 된다.

✎ 이양하 「봄을 기다리는 마음」에서

제목은 '봄을 기다리는 마음'이지만 실제 글쓴이의 마음속에는 봄에 대한 두려움을 갖고 있다. 이 두려운 마음을 설명하기 위하여, 엘리엇의 시를 앞에 제시하였다. 글쓴이는 봄을 기다리고 봄을 봄답게 맞이하려면 그만한 마음의 준비가 필요하다고 보고 있다. 마음에 기쁨이 있고 기다리는 바가 있어야 봄의 기쁨을 누릴 수 있고 봄의 아름다움을 느낄 수 있다는 의미를 부여하고 있다. 자신의 감정을 산문으로 표현하는 것보다는 시를 삽입하여 도입부를 적절하게 구성하고 있다. 이것이 바로 시적 감동을 줄 수 있게 쓴 것이다.

　　그러나 무엇보다도 수필의 참맛은 산문정신이 깔려 있는 수필이다. 시에서와 같이 압축과 긴장이라는 절제된 언어로는 표출할 수 없는 삶의 느낌, 한 편의 소설에서는 쉽게 찾아 볼 수 없는 글쓴이의 인간적 체취를 담담하게 드러내 주고 있다는 데서 산문문학으로서의 수필의 성격이 매겨져야 할 것이다 (성기조 : 1994).

　　　어려서 잃었거나 기억할 수 있는 엄마 아빠가 계시고, 멀리 있어도 자주 편지를 해주는 아들딸이 있고, 지금까지 한결같이 지내온 몇몇 친구가 있다. 그리고 아직도 쫓아와 반기는 제자들이 있다.

　　　하늘에 별을 쳐다볼 때 내세가 있었으면 해보기도 한다. 신기한 것, 아름다운 것을 볼 때 살아 있다는 사실을 다행으로 생각해본다. 그리고 훗날 내 글을 읽는 사람이 있어 '사랑을 하고 갔구나'하고 한숨지어 주기를 바라기도 한다. 나는 참 염치없는 사람이다.

　　　　　　　　　　　　　　　　　　🖎 피천득 「만년(晩年)」에서

　　인간의 만년(晩年)의 모습을 잘 그려낸 수필이다. 글쓴이에게 국한된 만년의 모습이 아니라, 인생의 끝자락에 서 있는 모든 이들이 공감하는 모습이다. 이 글을 시나 소설로 재구성한다면, 이 수필에서 보여 준 것처럼 잔잔하고 신선한 감동은 없을 것이다. 이처럼 수필은 생활 속에서 담은 소중한 체험을 산문정신으로 그려놓은 한 편의 문학이다.

3) 제재 선택이 자유로운 문학

　제재는 주제를 효율적으로 형상화하기 위하여 선택된 재료를 말한다. 생활 체험을 바탕으로 이루어지는 수필은, 우리 주위에 있는 모든 것들을 제재로 활용할 수 있다. 따라서, 수필의 제재는 광범위하고 다양하다. 인물, 장소, 사건, 관념, 정서 등 구체적인 것, 추상적인 것 모두에게서 제재를 자유롭게 선택할 수 있다.

　김진섭은 「수필의 문학적 영역」에서 수필의 영역이 광범위하고 제재 선택이 자유로운 문학임을 시사하고 있다.

　　수필은 무엇이든지 담을 수 있는 용기라고도 볼 수 있을지니 무엇을 그 속에 담든 그것은 필자 자신의 자유로운 선택에 맡길 수 밖에 없고 그래서 수필은 그 담는 내용과 그것을 요리하는 필자에 의해서 그 취향이 여러 가지로 변화할 것은 또한 물론이다. 그것을 요리하는 필자의 소질 여하, 기호 여하에 의해서 혹은 경쾌한 만문(漫文)이 될 수도 있을 것이요, 혹은 조리 있는 비평이 될 수도 있을 것이요, 혹은 여운이 높은 산문시가 될 수도 있을 것이니 모든 사람에게서 그리고 모든 영역에서 올 수 있는 이 수필의 종별이 변화무쌍할 것은 理의 당연한 일이다. 확실히 문학은 수필에 의하여 자기의 영역을 넓히고 있고 또 자기를 풍부하게 하여 가고 있는 것이 사실이다.

　수필을 '무엇이든지 담을 수 있는 용기'라고 보는 것은, 수필의 영역이 넓다는 것을 강조한 것이다. 용기에 담을 수 있는 재료를 제재라고 할 수 있는데, 그 제재는 글쓴이가 자유롭게 선택할 수 있다. 그러나 제재를 자유롭게 선택하였다고 해서, 글도 붓가는 대로 자유롭게 쓰는 것이라고 이해해서는 안 된다. 제재를 선택하여 용기에 담는 과정에서, 이 제재를 통해 주제를 드러내기에 효과적인가를 깊이 생각해야 한다.

또한, 수필은 담는 내용과 글쓴이에 따라 달라진다. 담는 내용이 아무리 좋아도 글쓴이의 효과적인 구성 능력이 없으면 질 높은 수필이 나올 수 없다. 자칫 잘못하면, 제재 선택의 자유로움이라는 것이 수필의 질을 낮추는 결과를 가져 올 수도 있다.

다양한 제재가 수필로 표현되는 과정에서 중시해야 할 것은 작가의 자세이다. 수많은 제재 가운데 적절한 제재를 자유롭게 선택하는 것은 작가이지만, 작품의 수준을 높이기 위해서는 작가의 투철한 통찰력과 심미안에 의한 사유의 과정을 통해 선택해야만 작품의 질을 높일 수 있다.

그들은 가난한 신혼부부였다. 보통의 경우라면 남편이 직장으로 나가고 아내는 집안에서 살림을 하겠지만 그들은 반대였다. 남편은 집안에 있고 아내는 집에서 가까운 어느 회사에 다니고 있었다.

어느 날 아침, 쌀이 떨어져서 아내는 굶고 출근을 했다.

"어떻게든지 변통을 해서 점심을 지어 놓을 테니 그때까지만 참으오."

출근하는 아내에게 남편은 이렇게 말했다. 마침내 점심 시간이 되어 아내가 집에 돌아와 보니 남편은 보이지 않고 방 안에는 신문지로 덮인 상이 놓여 있었다. 아내는 조용히 신문지를 걷었다. 따뜻한 밥 한 그릇과 간장 한 종지…… 쌀은 어떻게 구했지만 찬까지는 마련할 수 없었던 모양이었다. 아내는 수저를 들려고 하다가 문득 상 위에 놓인 쪽지를 보았다.

"왕후의 밥, 걸인의 찬…… 이걸로 시장기만 속여두오."

낯익은 남편의 글씨였다. 순간 아내는 눈물이 핑 돌았다. 왕후가 된 것보다도 행복했다. 만금을 주고도 살 수 없는 행복감에 가슴이 부풀었다.

✎ 이태준 「가난한 날의 행복」에서

작가는 '가난'이라는 제재를 아침 이슬같이 반짝이는 보석으로 삼고 신선하게 글을 전개하고 있다. 작가는 지난날의 가난은 잊지 않는 게 좋겠다고 강조한다. 더구나 그 속에 빛나던 사랑만은 잊지 말자고 진심으로 부탁을 하고 있다. 세 쌍의 가난한 부부 이야기를 마무리하면서, 마지막에 '행복은 반드시 부와 일치하지 않는다.'고 의미 부여를 하고 있다.

흔히 볼 수 있는 '가난'이라는 제재이지만, 작가는 '행복은 부와 일치하지 않는다'는 주제를 드러내기 위하여, 많은 제재 가운데 주제를 드러내기에 적절한 제재를 자유롭게 선택하여 전개하였다.

4) 형식이 다양한 문학

수필은 시, 소설, 희곡 등 다른 장르에 비하여 형식에 거리끼지 않는 다양한 문학이다. 수필은 여러 문학적 요소를 다 가질 수 있는 장점이 있다. 그렇다고 해서 수필을 무형식의 문학이라고 보는 것은, 수필을 문학으로 보지 않으려는 잘못된 견해이다.

더불어 수필은 형식이 자유롭다고 규정을 하면서, 두 가지 이유를 제시하고 있다. 수필은 서정시적·소설적·희곡적·비평적 요소를 포함하되 또 그것들이 아닌 독자적인 형식이 있다는 점과 수필은 수상(隨想)·편지체·일기체·기행체·전기체·논설체 형식의 서술 가운데서 주제 전달에 가장 적합한 형식을 취할 수 있다는 점이다(성기조 : 1994). 위에 제시한 두 가지가 이유를 든다면, 형식이 '자유롭다'보다는 '다양하다'가 더 어울린다.

수필이 무형식의 문학이라는 어휘를 제공한, 김진섭의 「수필의 문학적 영역」과 김광섭의 「수필문학 소고」를 소개한다.

수필에는 일정한 형식이 없고 또 모든 것이 수필의 재료가 될 수 있는 동시에 아무렇게나 마음대로 쓸 수 있는 데에 수필이 횡행 발호하는 이유가 있지만 또 수필은 누구나 쓸 수 있고 쓰기도 쉬운 대신 좋은 수필을 얻기란 실로 곤란한 것이니 수필만큼 단적으로 쓴 사람 자신을 표시하는 문장은 다시 없으며 원래 좋은 수필에는 그 근저에 특이한 사람의 마음이 있지 않아서는 아니 되기 때문이다.

✎ 김진섭 「수필의 문학적 영역」에서

가장 아름다운 수필을 찾아 우리의 문학적 항심(恒心)을 만족시키며 영양시키려는 점은 찬(讚)하여 마지아니할 바이나 그 형식의 섭취에 구속될 바는 없을 것이다. 오직 우리는 사로잡히지 않는 평정한 마음에서 마치 먼곳 그리운 동무에게 심정을 말하려는 듯한 그러한 한가로운 듯한 붓을 움직여 무의식한 가운데서의 단성(丹誠)으로 한 편의 문장을 써내면 그것이 수필이 될 것이다. 잘 되었으면 훌륭한 창작으로의 문학에까지, 못되면 잡문에까지, 위아래의 단계가 지어질 것이니 그것은 문학으로의 소설, 시가 있음에 비하여 흔히 문학 아닌 소설이 있고 시가 있음과 마찬가지일 것이다. 그러므로 형식으로의 수필문학은 무형식이 그 형식적 특징이다. 이것은 수필의 운명이요, 또한 성격이다.

✎ 김광섭 「수필문학 소고」에서

김진섭은 수필이 제멋대로 쓰이는 이유를 '일정한 형식이 없는 것', '모든 것이 수필의 재료가 될 수 있는 것', '아무렇게나 마음대로 쓸 수 있는 것' 등 세 가지로 들었다. 여기에서 '일정한 형식이 없는 것'은 형식이 다양한 것을 말하는 것이지 '무형식'을 말하는 것이 아니다.

김광섭은 수필이 '형식의 섭취에 구속될 바는 없을 것'이라고 표현했는데, 이는 형식을 섭취할 수도 있고 섭취하지 않을 수도 있다는 말이다. '구속'은 '제한'의 의미를 포함하고 있기 때문에 융통성이 있다. 따라서 형식으로의 수필문학을 '무형식'으로 본 것은 잘못이고, 이는 '다양한'으로 수정되어야 한다.

학과		학번		이름	

1. 수필이 '개성적인 문학'임을 간단히 설명하고, 해당하는 수필의 예를 두 문단 이상 소개하시오.

2. 수필이 '산문의 문학'임을 간단히 설명하고, 해당하는 수필의 예를 두 문단 이상 소개하시오.

3. 수필이 '제재 선택이 자유로운 문학'임을 간단히 설명하고, 해당하는 수필의 예를 두 문단 이상 소개하시오.

4. 수필이 '형식이 다양한 문학'임을 간단히 설명하고, 해당하는 수필의 예를 두 문단 이상 소개하시오.

제4장 **수필의 발상(發想)**

　　머릿속에 수필의 실마리가 될 만한 생각이 떠올라 자리 잡는 것을 발상이라 한다. 화분에 물을 주다가 진한 초록빛을 발하면서 윤기가 흐르는 난초를 보고 활기찬 생명력을 느낀다든가, 버스 정류장에 힘들어 앉아 있는 노인을 보면서 인생의 무상함이나 쇠잔함을 느끼는 것이 바로 발상의 시작이다.

　　수필에서의 발상은 경이와 충격에서 얻어진다. 어떤 소재를 보고 경이와 충격을 얻기 위해서는 지혜로운 눈이 필요하다. 하찮은 돌 하나, 바람에 흔들리는 나뭇잎 하나, 소녀의 하찮은 몸짓 하나라도 예사로 보지 말고 존재 이유와 가치를 생각하며 인간과의 관계를 추구할 때 발상은 일어난다. 발상을 쉽게 얻기 위해서는 현상을 일반적 경향으로 보지 말고 비껴 보기(斜視), 뒤집어 보기(反視) 등 역설적 안목으로 사고해야 한다(강석호 : 2000).

　　글쓴이가 수필을 창작할 때에 가장 효과적인 발상 방법의 도구로 사용하는 일기·메모장, 스크랩, 독서카드를 소개하고자 한다.

1) 일기 · 메모장

　일기 쓰기나 메모하는 것은 발상의 가장 좋은 방법이다. 더욱이, 일기는 바쁜 생활 속에서 자신을 돌아볼 수 있고 사색한 것을 정리할 수 있는 좋은 계기가 된다.

　일기는 생활의 기록이다. 자신의 행동, 보고 들은 것, 만난 사람, 읽은 책, 그 날의 느낌, 정치·경제·사회·문화에 대한 비판, 시시각각의 대상에 대한 소감 등을 적는다. 이를 그때 그때 정리하는 것은 발상의 자원을 모아두는 중요한 곳간이 된다.

　사람은 시간이 흐르면 기억했던 것을 잊어버리게 되어 있다. 기뻤던 일, 슬펐던 일, 방황했던 일 등을 메모해 놓으면 잊어버렸던 사실들을 다시 사실과 같이 느껴 볼 수 있다. 사실과 같이 느끼는 것이 중요하다. 사실과 같이 느끼면 감정을 되살릴 수 있는데, 이 때 발상이 자리 잡기 시작한다.

　일기를 계속해서 쓰면, 사물에 대한 관찰력이 예리해지고, 인생을 사색하는 힘이 가중된다. 인생의 삶이란 무엇인가를 뼈져리게 느끼고 진지하게 생활해 보아야만 깊이가 있고 윤택해진다.

　작가가 되겠다고 마음을 먹은 이들은 일기 쓰기나 메모하는 습관을 생활화해야 한다. 일기나 메모는 매일 글을 쓰게 하는 습관을 키워 준다. 일기는 생활을 반성하게 하고 생활에 대한 주의력을 키워 준다. 메모는 관찰력, 사고력을 증진시킨다.

　중국 송나라의 문인 구양수(歐陽修)는 글을 잘 쓰려면, '삼다(三多)의 법칙'을 적용해야 한다면서 다독(多讀), 다작(多作), 다상량(多商量)을 들었다. 많이 읽고, 많이 쓰고(짓고), 많이 생각하는 것이다. 읽고 쓰는 것 못지않게, 많이 생각하는 것은 중요하다. 일기는 바로 많이 생각하도록 자리를 제공해 주고, 많이 생각한 것을 기록하여 훗날 반추(反芻)할 수 있는 계기를 만들어 주기 때문에 수필

발상의 기초가 된다.

　수필 작품을 청탁 받았을 때, 지나간 일기나 메모장을 떠들어 읽어보면 수필을 쓰고 싶은 욕구를 갖게 하는 체험이나 사색의 실마리를 발견할 수 있다.

2) 스크랩

　신문·잡지 등에서 필요한 글과 사진을 오려 내는 일이나 오려 낸 것을 '스크랩'이라고 한다. 스크랩하기는 일기 쓰기와 같이 발상의 기초가 되는 방법이다. 수필의 소재는 무수히 많은데, 어떤 자료가 제재로 택해질지는 아무도 예측할 수 없다. 따라서 우리가 읽는 신문 한 장이나 잡지 한 장이 수필의 중요한 제재로 채택될 수 있다는 생각으로, 소재가 될 수 있는 모든 자료를 모아두는 것이 중요하다.

　스크랩을 할 때는 연상법에 의하여 분류한다. 연상이란 말이나 소리, 또는 이미지 등의 감각 자극이 들어왔을 때, 이 자극이 다른 말과 소리, 또는 이미지와 관련되는 사고 반응을 의미한다. 연상 작용은 누구에게나 자연스럽게 일어나는 현상으로 어떤 제한도 없다. 연상법을 스크랩 분류하는 데 활용하면 많은 도움이 된다.

　일반적으로 우리가 어떤 사물을 두고 연상을 할 때는 그 사물과 가까이 있거나 비슷한 것, 혹은 반대의 것을 떠올리게 된다. 즉, 연상작용의 진행은 인접성과 유사성 및 반대성을 바탕으로 이루어진다. 예를 들어 '천사'를 보고 '하늘'을 떠올렸다면 이는 인접성에 근거한다. 또 '아기'를 떠올렸다면 이는 천사와 아기의 공통적인 속성인 '착하다'는 이미지를 바탕으로 유사성이 된다. 그런가 하면 반대로 '악마'를 떠올릴 수도 있다. 이처럼 우리는 하나의 대상에 대해서도 서로 다른 성질의 연상을 하게 되는 것이다. 한편 같은 인접성이라도 '사막−태양'은 공간적 인접성을 근거로, '불−연기'는 원인과 결과에 의하여, '여명−새벽'은 시간적 인접성에 근거하며, '가마솥−누룽지'는 내용과 형식의 관계에 의한 연상의 결과이다. 유사성도 '형광등−백열등'이나, '고래−수도꼭지'처럼 비슷한 성질의 일이나 상황을 떠올리는 직접적인 유사가 있는가 하면, '사랑−평화'와 같이 이미지가 유사한 상징적 유사도 있다(글과 생각 : 1997).

다양한 연상법 가운데 인접성, 유사성, 반대성에 국한하여 스크랩을 분류하면 효과적이다. 신문에서 '우산', '비', '천고마비(天高馬肥)', '뇌물', '풍년', '흉년' 등의 칼럼을 스크랩했다면, 이는 '우산'−'비'−'뇌물'과 '천고마비'−'풍년'−'흉년'으로 분류하여 넣을 수 있다. 분류된 내용을 읽어가면, 수필을 써야겠다는 욕구와 함께 발상은 시작이 된다. 빠르면 이 과정에서 제재와 주제가 함께 자리를 잡을 때도 있다.

3) 독서카드

글을 쓰는 사람은 시간을 내어 독서를 하는 것이 몸에 배어야 한다. 창작의 기초가 독서이다. 많이 쓰려면 남의 작품을 많이 읽어야 한다. 시를 쓰는이는 시를, 소설을 쓰는 이는 소설을, 수필을 쓰는 이는 수필을 많이 읽어야한다. 가능하면 그 분야에 귀감이 될 만한 작품을 읽어야 한다.

시집에서 시 한 편을 읽었는데, 정말로 감동적이었다면 독서카드에 옮겨놓는다. 이 시 한 편은 언젠가 글을 쓰는데 요긴하게 사용할 수 있는 것이다. 소설을 읽었는데, 가슴 속에 녹아 들어오는 문장 한 구절이 있다면 독서카드에 옮겨 놓는다. 이 한 문장은 언젠가 수필을 쓰는 데 중요하게 활용할 수 있는 것이다.

독서카드를 예로 보이면 아래와 같다.

〈독서카드 예시〉

① 장르 : 수필
② 작품 제목 : 어린이 찬미
③ 글쓴이 : 방정환
④ 낱말 / 문장 / 문단
   문장 : 고요하다는 고요한 것을 모두 모아서 그 중 고요한 것만을 골라 가진
   　　　 것이 어린이의 자는 얼굴이다. 평화라는 평화 중 그 중 훌륭한 평화
   　　　 만을 골라 가진 것이 어린이의 자는 얼굴이다.(위 : 3)

　지금까지 발상에 도움이 될 만한 것으로, 일기 쓰기, 메모하기, 스크랩하기, 독서카드 정리하기를 들었는데, 실제 작품에 어떻게 적용하였는지 살펴보기로 한다.

　원고 청탁을 받으면 어떤 내용의 수필을 쓸 것인가 고민을 한다. 원고 청탁은 제목이 정해져서 오는 경우가 있고, 자유제로 써달라고 오는 경우가 있다. 제목이 정해지는 것보다 자유제가 더 마음이 편하다. 하루 정도 생각하다가 발상의 과정을 거치기 위하여, 나는 일기·메모장과 스크랩과 독서카드를 꼼꼼히 읽어본다. 이러한 자료를 한 번 읽어보는 순간, 눈과 마음 속에 들어오는 실마리가 있다. 이 실마리를 잡아 발상의 과정을 마치고 아래와 같은 작품을 완성한다.

<발상의 과정>

① 일기 : ㉠ 한글 학회에 모임이 있어 서울에 갔는데 비가 왔다. 우산을 사서
　　　　　쓰고 덕수궁 돌담길을 걸어가면서 연인·친구의 다양한 모습들을
　　　　　보았다. 우산에 대한 많은 생각을 했다.
　　　　㉡ 초등학교 6학년 때, 담임선생님 정년퇴임식에 갔다. 그 때는 총각
　　　　　선생님이셨는데…… 인생의 무상함을 느꼈다. 정년퇴임 선물로
　　　　　우산을 주셨다.
② 스크랩 : <신문 칼럼> 우산의 역사, 우산의 종류, 우산의 의미가 번짐

<작품의 실제 (정동환의 작품 「우산」)>

　학회 모임이 있어 오랜만에 서울 나들이를 하였다. 시청 지하철 역을 나오니
비가 세차게 쏟아진다. 여우비라고 생각하여 기다리고 있었는데, 좀처럼 멈추질
아니한다. 모임 시간은 가까워 오고 비는 그치지 않아, 할 수 없이 우산을 사서
쓰고 덕수궁 돌담길을 따라 발걸음을 옮겼다. 토요일 오후인지라 데이트하는
사람들이 많았다. 연인, 친구들이 우산을 쓰고 가는데, 우산의 색깔과 모양도 각
기 다르지만 우산을 쓰고 가는 사람의 모습도 다양했다. (중략)
　내가 초등학교 다닐 때만 해도, 우산이 귀했다. 식구마다 우산을 갖기 어려웠
기 때문에, 비 오는 날에는 서로 우산을 갖고 학교에 가려고 자주 다투었다. 이
웃집의 친한 형과 우산을 함께 쓰고 학교에 가는 날이면, 학교 일과가 끝날 때
까지 그 형을 기다려야 했다. 어머니가 끝날 때쯤에 학교로 우산을 갖고 오신다
고 말씀하시면, 왕자가 된 듯이 기뻐하였다. 그러나 어머니가 우산을 들고 나타
나시기까지는 기다림의 연속이었다. 비 오는 날, 학교에서 집에 올 때는 누군가
를 기다려야 우산을 쓰고 왔다. 기다리기 싫으면 하는 수 없이 비를 맞고 집에
와야만 했다. 그 때부터 내 머리 속에는 우산하면 '기다림'이 자리잡기 시작했
다. (중략)

어릴 적에 농촌에서는 대오리나 갈대를 촘촘하게 엮어 만든 삿갓을 우산 대신 이용했고, 농사일을 할 때는 도롱이를 썼다. 도롱이는 짚이나 띠같은 풀로 두껍게 엮어 만든 것으로 서양 망토처럼 걸치는 것이다. 비 오는 날 도롱이를 쓰고 논밭 일을 하는 농부의 모습은, 고향에서 흔히 볼 수 있는 모습이었다. 모를 심을 때, 비가 오면 이웃집의 도롱이를 모두 모아 빌려주곤 했던 따뜻한 인정을 잊을 수 없다. 지금은 세상이 많이 각박해졌지만, 예전에는 도롱이를 만들어서 이웃에 선물로 주기도 하고 모내기나 추수를 할 때는 온 동네 사람들이 자기 일처럼 도와주었다. 우산을 보면 도롱이를 연상하게 되고, 우산을 함께 쓰고 가는 사람들을 보면 '따뜻한 정'을 느낀다. (중략)

초등학교 때 담임선생님이 명예퇴임을 하시면서, 퇴임식장에 온 분들에게 나누어줄 선물로 우산을 마련했다. 학교에 근무할 때, 매우 서먹한 직원이 있으면 비오는 날 우산을 함께 쓰고 학교 운동장을 돌면서 이야기를 나누었다고 한다. 그 뒤로는 가까워지는 것을 느꼈으며, 많은 일에 협조를 해 주었다는 것이다. 이것이 우산을 마련한 이유라고 하면서 우산은 다정다감하고 친근감을 주는 물건이라고 덧붙였다. 우산은 정녕 기다림과 만남, 애정의 정도를 느끼게 해 주는 정겨운 생활필수품임에 틀림없다. (중략)

그러나 이러한 우산이 세태의 변화에 따라 많이 달라지고 있다. 얼마 전, 장관 부인이 재벌회장 부인에게 "비가 올 것 같으니 우산을 준비해야 하지 않겠느냐"고 건넨 한 마디가 세상을 시끄럽게 하였다. 고위층 마나님의 우산은 그 용도가 특이한가 보다. 세월이 흐르면서 변화, 개혁과 함께 발전하는 것이 있는가 하면 퇴보하는 것도 있다. 편리한 것이 있는 반면에 오염되는 것도 있다.

덕수궁 돌담길을 돌아서면서, 세월이 아무리 흘러도 우산은 따뜻하고 정겨운 모습을 그대로 간직했으면 하는 바람을 가져본다.

학과		학번		이름	

1. 수필의 발상 방법의 도구로 글쓴이가 제시한 일기·메모장, 스크랩, 독서 카드에 대해서 각자 의견을 제시하시오.

2. 수필의 발상 방법으로 어떠한 것이 있는지, 자기의 경험을 바탕으로 소개하고 작품도 두 문단 이상 제시하시오.

제5장

수필의 제재 선정

'제재'와 '소재'라는 용어는 같이 보기도 하고 구분하기도 한다. 제재와 소재를 달리 보는 경우는, 모든 대상과 사건을 소재로 보고 그 가운데 글쓰는 이가 글감으로 채택한 소재를 제재로 보는 것이다.

수필의 발상이 시작이 되면 제재가 선정되는 경우, 주제가 선정되는 경우, 제재와 주제가 선정되는 경우가 있다. 제재를 선정하고 나서 주제를 잡는 경우가 있고, 주제를 선정하고 나서 주제에 맞는 제재를 찾아서 맞추는 경우가 있다.

신문이나 텔레비전에 소개된 설악산의 모습을 보고 여행을 해야겠다는 마음이 생길 때가 있다. 또 생활에 찌든 삶에 활력을 불어넣기 위하여 여행을 해야겠다는 생각으로 어디를 갈 것인가를 찾다가 설악산을 택하는 경우가 있다. 전자는 제재를 선정하고 나서 주제를 잡은 것이고, 후자는 주제를 선정하고 나서 제재를 찾은 것이다.

제재를 선택하는 일은 중요하다. 제재가 좋으면 짜임새나 표현에 다소 흠이 있어도 주제는 잘 드러난다. 제재를 잘 선택한다는 것은 좋은 수필을 쓰기 위한 주춧돌이다. 작가 사이에 다소 차이는 있지만, 좋은 제재를 선택하기 위한 방법을 제시하면 다음과 같다.

1) 평소에 사물을 예리하게 관찰하는 버릇을 붙여야 한다

다른 문학 장르도 필요하지만, 수필을 쓰고자 하는 이는 세상을 냉철한 판단력을 갖고 바라보아야 한다. 옛말에 '심불재언(心不在焉)이면 시이불견(視而不見)이라'는 말이 있다. 이는 '마음에 있지 아니하면 보아도 보지 못한다'는 말이다. 우리 주위의 소재 가운데는 수필의 제재로 삼을 수 있는 것들이 많은데, 이는 작가의 예리한 관찰력이 없이는 불가능하다. 예리한 관찰력은 대상을 마음 속에 집어 넣을 때 생기는 것이며, 이 때 작가의 눈으로 바라 볼 수 있는 안목이 형성되는 것이다.

예리한 관찰력을 길러 대성한 작가는 무수히 많다. 발자크(1799-1850)는 매사에 세심히 관찰하는 버릇이 있어 소설에 나오는 구둣방의 이름을 붙일 때도 하루종일 시내를 돌아다니며 좋은 이름을 찾아 썼다고 한다. 중국의 후즈(胡適)는 문학수업을 받을 때 그의 스승으로부터 관찰력 훈련을 받았는데, 이(蝨)를 손바닥에 놓고 며칠을 관찰하니까 이의 혈관이 보이고 숨쉬는 소리까지 들었다고 한다.

2) 제재에 대해 정확한 지식을 갖고 있어야 한다

제재는 주제를 드러내기 위한 수단이기 때문에, 제재에 대해 정확한 지식이 있어야 주제를 잘 드러낼 수 있다. 우리 문학 작품 속에 사용된 제재가 정확하지 못하여 논란이 되었던 경우가 많다. 염상섭의 「표본실의 청개구리」에서 '개구리 심장에서 더운 김이 모락모락 나온다.'(개구리는 냉혈동물이라 김이 나올 수 없다./이어령), 전광용의 「꺼비딴리」에서 '혹을 수술하는데 척추마취제를 놓았다.'(혹을 수술하는 데는 척추마취제를 쓰지 않는다. / 박문하), 한흑구의 「보리」에서 '보리도 익으면 고개를 숙인다.'(보리는 익으면 벼처럼 고개를 숙이지 않는다. / 오창익)의 예를 들 수 있다.

제재에 대해 정확한 지식을 가지려면, 제재에 관심을 갖고 직접 찾아가서 관찰을 하며 전문가에게 문의하여 정확한 지식을 얻을 수 있도록 노력해야 할 것이다.

3) 체험을 많이 쌓아야 한다

진실을 바탕으로 하는 수필에서, 체험은 가장 소중한 재산이다. 남을 한 번도 도와주지 아니하고 남을 위해서 좋은 일을 한 번도 하지 아니한 사람이 '봉사' '희생'을 주제로 한 수필은 쓸 수 없는 것이다. 체험은 자신 있게 쓸 수 있는 글감을 제공해 주고, 독자에게 감동을 주는 중요한 요소이기 때문에 체험을 많이 쌓도록 노력해야 한다.

유명한 작가들이 체험을 쌓기 위해 노력한 예를 많이 접할 수 있다. 디킨스(1812-1870)는 글의 제재를 얻기 위해 마차를 타고 자주 런던 시가를 다녔으며, 오 헨리(1862-1910)는 자주 사람들을 만나 농담을 즐겼다고 한다. 헉슬리(1894-1963)는 늘 고양이를 길렀는데, 고양이가 연애하는 모습을 보면 애정소설을 쓰는 데 도움이 된다고 했다. 헤밍웨이(1899-1961)는 직접 정글과 맹수가 들끓는 아프리카를 여행하고 전쟁에 출전하여 대작을 남겼다. 마가렛 밋첼(1900-1949)은 『바람과 함께 사라지다』를 집필하기 전에 3년이란 긴 세월을 남북전쟁의 격전지를 찾아 당시 자료를 수집하였다.

성기조(1994)는 체험 가운데 제재를 찾는 방법으로 세 유형을 제시하고 있다.

① 잊을 수 없는 사람
- 육친(부모 · 형제 자매)　　• 친지(넓은 의미에서)
② 잊을 수 없는 일
- 자연, 동물, 식물　　　　• 풍토기(풍물기)
- 여행　　　　　　　　　• 특수한 곳(전쟁터 등)에서의 체험
- 좋아하는 일　　　　　　• 집안일에 관계되는 일
- 취미, 오락, 스포츠　　　• 즐거웠던 일
- 슬펐던 일　　　　　　　• 괴로웠던 일
③ 잊을 수 없는 사람과 일이 동시에 제재가 되는 경우
- 어느 날 낯선 사람과의 만남
- 공터에 무리를 지어 핀 코스모스와 친구
- 뒷동산에서 연날리기하던 친구들

4) 글감은 늘 메모하고 정리해야 한다

수필의 발상에서도 언급했듯이, 글쓰는 이로서 메모는 필수적이다. 인간은 잊어버리는 '망각'의 습관이 있어서 글감이 생각날 때, 곧 메모해야 한다. 글을 쓰는 이로서 소중한 기억들을 잊어버리는 것은 매우 큰 손실이다.

시인 이하윤(1906-1974)은 수필 「메모광」(1939)을 발표할 정도로, 대단한 메모광이었다. 그는 '내 메모는 내 물심양면의 전진하는 발자취이며, 소멸해가는 전생애의 설계도이다. 여기엔 기록되지 않은 어구의 종류가 없다 해도 과언이 아닐만큼 광범위한 것이니, 말하자면 내 메모는 나를 위주로 한 인생생활의 축도라고도 할 수 있는 것이다.'라고 피력하였다.

소설가 도스토옙스키(1821-1881)는 잠자는 시간을 빼고는 거의 메모 속에서 살았다고 한다. 밥을 먹거나 술을 마실 때 메모지를 옆에 두었고, 여행이나 산책을 할 때에도 늘 메모지가 있었으며, 작품을 쓸 때에는 정리한 메모지를 놓아가며 구성을 하였다고 한다.

5) 일관된 제재를 가지고 깊이 있게 파고 들어야 한다

수필의 형식이 다양하기 때문에, 한 가지 제재를 가지고 다양하게 파고 들어가는 수필이 앞으로 전망이 있을 것으로 보인다. 음악이나 기행 수필을 연재하는 작가들도 있고, 역사나 민요를 집중적으로 다루고 있는 작가들도 있다. 어떤 작가는 「한국의 소리」라는 수필을 시리즈로 엮어가는 이도 있다. 다른 이들이 시도해 보지 못한 자기만의 독특한 세계를 일구어가는 작가들의 노력이 돋보이는 작업이다. 그러나 한 분야를 심도있게 다룬다는 장점은 있지만 자칫하면 글이 단조로워질 수 있는 위험이 있다. 그러한 위험에서 벗어나려면 항상 새로운 제재를 다룬다는 마음가짐이 필요하다(정선모 : 2000).

6) 제재를 잘 운용할 수 있는 능력이 있어야 한다

제재를 선택하는 것도 중요하지만, 선택한 제재를 작가가 어떻게 운용하느냐 하는 것이 더 중요하다. 자기만의 체험을 자기만의 독특한 필치와 표현으로 자기만의 삶의 독창적인 사고와 인생관을 담아 수필로 완성시키는 것이 필수적으로 선행되어야 한다. 아무리 흔한 일반적인 제재라 할지라도 작가 개개인의 체험이 일상적 상식을 넘은 보다 진지하고 보다 가치있는 개인의 철학성이 내재되어 있어야 한다(간복균 : 2000).

'첫사랑'이란 제재는 위의 ㉠과 ㉡으로만 그려지는 것이 아니라 독특한 경우도 있을 것이다. 수필가는 나만의 첫사랑의 정서를 문학적으로 창작하여 수필가의 정서와 감동이 독자에게, 바로 나의 첫사랑의 감정에까지 이르도록 하여 공감과 친근미를 주어야 한다. 다시 말하면, 수필가는 제재를 삶의 체험에서 다양하고 광범위하게 선택하되 제재는 수필가의 가슴 속에서 용해되어 수필가의 표현 기술에 의하여 표현되어야 한다. 즉 이중적인 여과의 체험 세계를 거친 제재만이 진정한 수필의 제재이다.

7) 틈새를 공략해야 한다

신문의 경제면에서 쓰는 용어 중에 '틈새'라는 것이 있다. 수필을 쓸 때에도 이러한 작전이 필요하다. 같은 제재라 하더라도 남이 발견하지 못한 의미를 부여할 때 참신하고 창의적인 작품이 나오는 것이다. 살얼음을 뚫고 핀 개나리꽃을 보고 '기쁨, 슬픔, 미움'으로 의미를 부여할 수 있는데, 어떻게 의미를 부여하는 것이 효과적인지 연구해야 한다. '기쁨'이 일반적인 의미인데, '슬픔'이나 '미움'은 특이한 의미 부여이다.

좋은 제재를 찾아내는 것은 작가의 능력에 달려 있지만, 그 능력은 얼마나 부단히 관찰하고 탐구하며 사유했는지에 달려 있다. 오관(五官)을 열어 놓고, 진솔하게 살아가며 수필을 쓰겠다는 일념이 있다면 좋은 제재는 늘 눈에 들어 올 것이다.

학과		학번		이름	

1. 좋은 제재를 선택하기 위한 방법을 제시했는데, 각 항목마다 각자 의견을 제시하면서 타당성을 검토해 보시오.

  1) 평소에 사물을 예리하게 관찰하는 버릇을 붙여야 한다.

  2) 제재에 대해 정확한 지식을 갖고 있어야 한다.

3) 체험을 많이 쌓아야 한다.

4) 글감은 늘 메모하고 정리해야 한다.

5) 일관된 제재를 가지고 깊이 있게 파고 들어야 한다.

6) 제재를 잘 운용할 수 있는 능력이 있어야 한다.

7) 틈새를 공략해야 한다.

2. 수필의 제재 선정에서 각자 좋은 제재를 선택하기 위한 나만의 방법을 생각하여 의견을 예를
   들어 제시해 보시오.

제6장 **수필의 주제 설정**

1) 주제 설정

　주제(主題 : theme·subject<영>, thema<독>)란 글쓴이가 수필 작품을 통해 말하고자 하는 생각이나 의견으로 글의 중심 내용, 곧 중심 사상이다. 글쓴이는 제재를 통해서만 주제를 드러낼 수 있는데, 곧 제재에 의미를 부여한 것이 주제이다. 수필에서 주제는 제재에 의미를 어떻게 부여했느냐에 따라 매우 달라진다.

　페르샤왕 미젤은 죽음이 가까워지자, 한 가지 소망이 있었다. 즉, 그는 '인간의 역사'가 무엇인가를 알고 싶었다. 그래서 그는 신하들에게 인간의 역사에 대해서, 소상하게 기록해 놓은 서책을 구해 오라고 명을 내렸다.
　신하들은 왕명이 내려지자, 정성을 다하여 마침내 6,000권의 역사책을 구해서, 12마리의 낙타에다 싣고 왕궁으로 들어왔다.
　"폐하, 이 서적들을 보시면, 인간의 역사가 무엇인 줄을 알게 되옵니다."
　"아니, 이 방대한 서적을 언제 다 읽겠느냐? 그 양을 줄이도록 하라."
　이리하여 신하들은 그 6,000권의 역사책 중에서, 가장 중요하다고 생각하는 것만을 골라서, 그 수는 500권으로 줄여졌다. 그러나 왕은 이번에도 호통을 쳤다.

"내가 죽음 앞에 다다랐는데, 그 500권을 언제 다 읽겠느냐? 다시 그 수를 줄여라."

왕명이 떨어지자 사학자들은, 인간의 역사가 가장 잘 적혔다고 생각되는 단 한 권의 책을 추려냈다.

"아, 이 미련한 사람들아, 한 권인들 내 병든 몸으로 어찌 그것을 읽어 내겠느냐? 인간의 역사가 무엇인가를 몇 마디로 간추려서 내게 들려 달라."

사학자들은 그 마지막 한 권을 놓고, 문장을 간추려서 마침내 인간의 역사를 가장 잘 나타낸 세 마디를 가려 냈다.

"폐하, 인간은 나서, 고생하다가, 그리고 세상을 떠났습니다. 이것이 인간의 역사이옵니다."

✎손동인 「오늘의 문장강화」에서

페르샤왕 미젤이 신하들에게 6,000권의 책을 요약하게 하여 세 마디로 요약한 결론은 '인간은 나서, 고생하다가, 그리고 세상을 떠났다.'인데, 이것이 바로 6,000권의 내용을 집약할 수 있는 중심 내용, 곧 중심 사상이다. 우리가 남의 글을 읽었을 때, 무슨 이야기인지 머릿속에 쏙 들어올 때가 있고 무슨 이야기인지 핵심을 잡아내기 어려울 때가 있다. 머릿속에 바로 들어와서 자리 잡은 것은 주제가 투명한 것이고 무슨 이야기인지 핵심을 잡아내기 어려운 것은 주제가 불투명한 것이다.

주제는 작가가 자기의 작품을 통해서 독자들에게 알리고 싶은 생각이나 의견을 드러내는 것이다. 작가가 글을 쓰기 시작할 때는 확고한 주제를 그리면서 작업을 하지만, 완성하고 났을 때에 마음에 들지 않아 작품을 발표하지 않는 경우가 있다. 이는 도자기를 만드는 도공이 그의 작품이 마음에 들지 않아 그 아까운 작품을 모두 깨어 버리는 것과 같다.

주제를 설정하는 것은 제재에 의미를 어떻게 부여하느냐에 달려 있다. 같은 제재라 하더라도 작가의 배경 지식에 따라 주제는 다양하게 달라지게 되는데, 이는 배경 지식을 하루 아침에 고칠 수 없듯이 제재를 바라보면서 의미 부여를 하는 것도 하루 아침에 향상되는 것이 아니다. 꾸준히 다양한 책을 많이 읽고, 부단히 습작을 하며, 깊이 생각하는 버릇을 갖고 생활하다 보면 제재를 바라보는 관점이 달라지고 시야가 넓어지게 된다.

강석호(2000)는 주제 설정의 예를 다음과 같이 제시하고 있다.

(1) 실제 체험

입춘이 지난 어느 햇볕 다사로운 날 기차로 문우 몇 사람과 춘천에 가서 아름다운 호수를 바라보며 가벼운 산책을 하고 호수변에 자리잡고 있는 분위기 있는 음식점에서 이 고장 겨울 특미인 빙어회를 먹으면서 즐거운 대화를 나누었다.

(2) 주제 설정 과정

서울에서 춘천까지 갔다가 오는 과정에서 두드러지게 뇌리에 잡히는 느낌이나 사건을 골라본다. 여정과 여정마다에서 느낀 점을 추출하여 그 가운데 무엇을 중심(사상)으로 의미화하여 글을 전개할 것인가 하는 점을 고심한다. 그 중심이 바로 주제이다.

① 청량리역에서 오랜만에 만난 기쁨
② 춘천역에까지 마중나온 시골문우들의 우정
③ 춘천의 아름다운 겨울 호수와 호수변 음식점들의 풍경
④ 빙어라는 겨울고기와 그것을 산 채로 먹으며 살생이란 죄의식을 느끼나 그들을 잡아먹지 않아도 알을 낳은 후 곧 죽어 없어질 것이니 오히려 인간에게 잡아 먹히는 것이 영광(?)이라는 작자의 상상적 역설

⑤ 귀로의 밤 열차 칸에서 느끼는 이른 봄나들이의 즐거움

(3) 주제 설정

위의 과정 중 한 가지만 주제로 삼아 초점을 맞추어야 좀더 인상적인 경이로움을 나타낸다. ① 만남의 기쁨, ② 시골문우들의 순수한 우정, ③ 춘천의 겨울 호수, ④ 살생의 죄의식, ⑤ 밤 열차에서의 서정이다.

(4) 주제 설정에서 유의해야 할 점

① 출발에서 돌아올 때까지의 여정을 재미있게 리얼하게 쓴다면, 보고서나 기록문이지 '수필 작품'이라 할 수 없다.
② '봄나들이'나 '겨울 춘천' 등 포괄적인 주제를 설정할 수도 있으나, 구체적인 하나를 택하는 것이 더 인상적이고 주제가 분명하게 드러난다.

2) 소주제 설정

주제가 작품을 통해서 나타내고자 하는 글 전체의 중심 사상이라면, 소주제는 글 전체를 이루는 각 문단의 중심 생각이라고 할 수 있다. 각 문단의 중심 생각이 모여 글 전체의 중심 사상이 이루어진다. 각 문단의 중심 생각은 글 전체의 중심 사상을 이루는 가지가 되어야 하는데, 그 가지가 각각 다르다면 온전히 중심 사상을 드러낼 수 없다. 각 문단은 하나의 소주제를 반드시 가져야 하며, 소주제는 속해 있는 문단의 주제를 유도해야 자기의 역할을 하는 것이다.

최혜실, 이상경, 시정곤(2000)은 바람직한 소주제문은 중심 내용을 전개하고 발전시킬 수 있는 지배개념(소주제문에서 핵심이 되는 내용)을 가져야 한다고

주장하고 있다. 즉 보통 증명될 수 있거나 보완될 수 있는 견해를 포함하거나 글쓴이가 단락 안에서 자세히 설명하고자 하는 의도가 포함되어 있어야 하고, 그러므로 하나의 막연한 생각은 바람직한 소주제문으로 적절하지 않으며, 하나의 막연한 생각을 두세 문장으로 나누어 글 전체의 윤곽이 잘 드러날 수 있도록 하는 것이 좋다고 보고 있다. '흡연은 나쁘다'는 소주제문으로는 적절하지 못하고, '흡연은 아이들의 유전적 장애를 일으킬 수도 있으므로 나쁘다'는 소주제문으로 적절하다.

오창익(2000)은 나도향의 「그믐달」을 분석하여 세 개의 소주제문을 제시하였다.

① 그믐달은 가슴이 저리도록 쓰리고 가련한 달이다.
② 그믐달은 보는 이가 적어 그 만큼 외로운 달이다.
③ 그믐달은 홀로 머리를 풀어뜨리고 우는 청상과 같은 달이다.

①의 '가련한 달', ②의 '외로운 달', ③의 '청상과 같은 달'이 소주제를 이루어서 주제 의식을 구체화하여, 마지막 문단 '어떻든지~보아준다.'에서 의미 부여(주제 : 고독)를 확실히 하고 있다. 그리고 마지막 문장 '내가 만일 여자로 태어날 수 있다하면 그믐달 같은 여자로 태어나고 싶다.'에서 주제의식을 운치 있게 '상상 처리'하고 있다.

정동환의 작품 「능소화」를 감상하면서 소주제와 주제는 어떤 관계가 있는지 알아보고 주제를 드러내는 데 소주제가 어떤 역할을 하는지 살펴보도록 하자.

능 소 화

　지금 내가 살고 있는 집은 허름한 단독주택이다. 오래 된 집이어서 모든 것이 낡을 대로 낡아 근근히 고치면서 지내고 있는데, 겨울에는 더욱 춥고 을씨년스럽다. 하지만, 봄이 되면 예쁜 싹이 파릇파릇 돋아나고 꽃이 만발한 아름다운 집으로 변한다. 우아하고 귀티가 흐르는 목련꽃부터 시작을 해서 등나무꽃과 장미꽃에 이르면, 비좁은 뜰은 정말로 아름답다. 그러다가 8월이 되어 능소화가 피면 절정에 이른다. 뜰에는 많은 나무와 꽃이 있으나, 능소화는 우리집에서 가장 아끼는 꽃이다. 집이 헐어 불편한 것이 많이 있으면서도, 능소화 나무를 가꾸기 위해 편하게 생활할 수 있는 아파트로 이사를 가지 못하고 있다. 능소화를 소중하게 여기는 것은 값이 비싸서가 아니고, 꽃이 가장 아름다워서도 아니다. 나하고 맺어 온 인연이 특별하기 때문이다.

　초등학교 4학년, 여름방학 때의 일이다. 고향 집 근처에 커다란 웅덩이가 있었다. 여름 방학 숙제로 곤충 채집도 할 겸 웅덩이 옆 길에서 친구와 함께 놀고 있다가, 웅덩이 안 쪽을 향해서 날아가는 잠자리를 잡으려고 무리하게 뛰어 들어가 그만 웅덩이로 빠지고 말았다. 웅덩이에서 허우적거리면서 살려달라고 애원했으나 친구들은 큰 일이 났다고 소리만 칠 뿐 달리 방법이 없었다. 다른 친구들이 엄두도 못내는데, 핏줄은 당기는지 같이 놀던 여동생이 나를 구해보겠다고 내 손을 잡아당겼다. 그러나 힘을 이기지 못하여 그만 웅덩이 속으로 들어오고 말았다. 나와 여동생은 나가려고 안간힘을 써보았으나 힘은 점점 빠지고 물 속에 잠기는 시간이 길었다. 이젠 동생과 함께 죽는구나 하고 있는데, 잠깐 물 위에 떠 올라 보니 어머니가 큰 소리로 이름을 부르면서 손을 잡으려고 아우성이었다. 어머니도 내 손에 이끌리어 웅덩이 속으로 들어오셨다는 것만을 어렴풋이 기억한 후에, 나는 정신을 잃었다.

　정신을 차려 눈을 떠보니 우리 세 식구가 무사히 나와 둔덕에 누워 있고, 앞에는 동네에서 알음이 있는 중학생 형이 앉아 있으며, 내 몸에는 웅덩이 옆에 잘 자라고 있던 능소화 나무 줄기가 길게 늘어져 있었다. 문방구점에 가서 학습 준비물을 사갖고 오던 길이었는데, 이 광경을 목격하고 뛰어 와

보니 건져낼 도구가 없었다고 한다. 상황이 위급하다고 판단하여 가방에서 연필 깎는 칼을 빨리 꺼내 옆에 있던 능소화 나무의 가는 줄기를 여러 겹 잘라내어 길게 늘어뜨려서 하나씩 건져냈다는 것이다. 우리 세 식구를 구해준 능소화 나무 줄기를 집으로 갖고 와서 그늘진 뜰에 모래를 깔고 정성스럽게 심었는데, 이게 웬일인가? 한 달이 지나고 나서 줄기 끝을 파보니 뿌리가 내리기 시작했다. 이런 연유로, 해마다 여름철이면 고향 집에서 능소화를 볼 수 있었다.

고등학교를 졸업하고 대학에 진학하면서, 고향 집을 팔고 인천으로 이사를 하였다. 이사 온 집이 비좁고 뜰이 없어, 마음은 태산 같았으나 능소화 나무를 갖고 올 엄두를 내지 못했다. 이사온 후에, 늘 생각은 했지만 나무를 심을 만한 단독주택을 장만할 때까지 능소화 나무 옮기는 것을 늦추자고 다짐을 하였다. 세월은 흘러 직장 생활을 하게 되었고, 결혼도 하게 되었으나 능소화 나무와 함께 있지 못하는 것이 마음 한 구석을 불편하게 하였다. 그럴 때마다 웅덩이에서 우리 세 식구를 구해준 선배를 찾아 보았으며, 고향에 내려가 남의 집에서 잘 살고 있는 능소화 나무를 기웃거리며 바라보곤 했다.

능소화 나무와 헤어져 지낸지 15년 만에 뜰이 있는 단독주택을 장만했다. 장만하자마자 고향으로 내려가 집 주인에게 큰 사례를 하고, 능소화 나무를 지금 살고 있는 집으로 옮겨 왔다. 이젠 정성껏 보살핀 덕택으로 제법 굵은 몸집과 건장한 키로 체구를 우람하게 과시하고 있다.

강산이 세 번 변한다는 30년 하고도 5년이 지나도록 인연을 맺어 왔으니, 능소화 나무와 나는 고운 정이 흠뻑 들어 그가 지닌 성품을 누구보다도 잘 알고 있다. 중국이 고향인 능소화는 덩굴 식물로 벽이나 나무에 붙어서 올라가며, 트럼펫처럼 생긴 꽃들이 밝은 주홍색을 띠고 8월에서 9월 사이에 핀다. 꽃을 오래 보여주지 아니하며, 아무리 높은 나무나 담장이라도 끝내는 올라가고야 마는 끈질긴 인내심을 갖고 있다.

능소화는, 자기의 추한 모습을 절대로 보이지 않는 깨끗하고 고고한 꽃이다. 다른 꽃처럼 꽃이 말라 붙을 때까지 줄기에 남아 있지 않으며, 꽃에 흠

집이 있거나 시드는 기미가 있으면 곧바로 떨어져 버린다. 나무에서는 오로지 예쁘고 화려한 능소화만을 볼 수 있으며, 시들고 추한 능소화는 떨어져 있는 꽃에서만 볼 수 있다. 그러니 꽃을 볼 수 있는 기간은 매우 짧고, 더구나 장마철에는 더욱 보기가 어렵다. 한 점 흐트러짐이 없이 깨끗하게 살아가는 선비정신을 결코 잃지 않는다.

능소화는, 혼자 살아가는 것보다 더불어 살아가는 것이 중요하다는 것을 강조하는 생활인의 꽃이다. 줄기에서 나온 잔뿌리로 벽이 있으면 벽으로, 나무가 있으면 나무로 스스럼 없이 타고 올라간다. 타고 올라가는 속도가 다른 덩굴 식물에 비하면 매우 느리지만, 철저하고 완벽하게 타고 올라가 깊숙이 그에게 모든 것을 주고 또 버팀목이 되어줄 나무에게 도움을 받는다.

능소화는, 인내와 끈기를 지닌 강인한 꽃이다. 자신이 목표한 것은 철저하게 계획을 세워서 끝까지 이루어 낸다. 앞에 어떠한 장애물이 있더라도 끝내 기어 올라가고야 마는 끈질긴 생명력을 갖고 있다. 좌절하거나 실망하는 모습을 능소화에서는 찾아볼 수가 없다. 마음 먹은 일이 뜻대로 이루어지지 않을 때, 나는 능소화를 바라 보면서 힘을 얻곤 했다.

능소화는, 고향의 모습을 담뿍 담은 내 마음의 꽃이다. 문득 고향 생각이 날 때, 능소화를 바라보면 내 어릴 적 모습이 환히 펼쳐진다. 친구들의 얼굴과 친구들의 놀던 모습들이 클로즈업되어 나타난다. 불현듯이, 개구쟁이 친구들은 지금 어디서 무엇을 하고 있는지 보고 싶다. 이렇듯, 창문만 열면 뜰에 고향이 가까이 와 있으니 이 얼마나 귀한 꽃인가!

지금까지 인생을 살아오면서 고비 고비 어려움이 있을 때마다 능소화 나무는 내 마음 속에 정신적인 지주가 되어 주었다. 고향을 떠나 어려운 과정을 거쳐 지금의 내가 있는 것은, 어릴 때 나를 구해준 능소화 덕분이다. 능소화를 그리워하는 과정에서 능소화가 간직하고 있는 성품을 내 마음 속에 담으려고 노력해 왔기 때문이다.

해마다 능소화 피는 시기가 장마철과 겹치기 때문에 꽃을 보는 것은 매우 어려웠다. 아침에 보면 피어 있는데, 저녁에 보면 떨어져 있는 것이다. 그런데 올 여름에는 기이한 현상이 일어났다. 장마철이 지나고 나서 꽃이 피어나기 시작했다. 우리 집안에 좋은 일이 있을 것이라고 모두들 기뻐했다. 다른 때보다 꽃이 피어 있는 기간이 길기 때문에 조촐하게 잔치를 벌이기로 의견을 모았다. 웅덩이에서 능소화 나무 줄기로 우리 가족을 꺼내 준, 은인인 고향 선배를 처음으로 초대하였다. 마음 속에 늘 생각만 해 왔는데 이번에 비로소 실행에 옮긴 것이다. 가족이 모두 모여 능소화 나무 밑에서 옛날 생각을 하며 이야기 꽃을 피웠고, 떡을 하여 이웃집에 돌리면서 즐거운 하루를 보냈다.

여섯 살 된 늦둥이 아들이 '우리 아빠를 구해준 꽃'인데 떨어져 있다며, 흙을 떨면서 능소화를 주워 온다. 아빠를 구해준 나무에서 떨어진 꽃이기 때문에 어린 마음에도 애착이 가는가 보다. 능소화 나무를 잘 길러서 저 아이에게 물려 줄 것이다. <u>능소화가 간직하고 있는 깨끗한 선비정신과 인내심도 함께</u>……

'능소화'를 분석하면 네 개의 소주제문으로 제시할 수 있다.

① 능소화는 깨끗하고 고고한 꽃이다.
② 능소화는 더불어 살아가는 생활인의 꽃이다.
③ 능소화는 인내와 끈기를 지닌 강인한 꽃이다.
④ 능소화는 고향의 모습을 담은 마음의 꽃이다.

①의 '고고한 꽃', ②의 '생활인의 꽃', ③의 '강인한 꽃', ④의 '마음의 꽃'이 소주제를 이루어서 주제 의식을 구체화하여, 마지막 문장 '능소화가 간직하고 있는 깨끗한 선비 정신과 인내심도 함께……'에서 주제 의식을 의미 있게 처리하고 있다.

3) 주제를 설정할 때에 유의해야 할 점

(1) 주제는 투명해야 한다

주제는 앞에서 설명한 바와 같이 글쓴이의 중심 생각이고 중심 사상이기 때문에, 글을 읽는 이들에게 무엇을 전달하려고 하는지 명확한 답을 주어야 한다. 여행을 하다가 길을 잃었다면 '어디를 찾는데 알려 달라'고 목적지를 명확하게 물어야 하고, 물에 빠져 구원을 요청할 때에는 '사람 살려'란 말을 명확하게 전달해야 다른 사람들이 도와 줄 수 있을 것이다.

옛날 어느 부자가 남겨 놓은 유서 한 통이 있었다.
'七十生男其非吾子 家産傳之女婿他人勿犯'

　　　　　　　　　　　　　　　　　◈손동인 「오늘의 문장강화」에서

위의 글을 풀이하면, '칠십에 아들을 낳았는데, 그는 내 자식이 아니다. 그리하여 재산을 여서(사위)에게 전하니, 타인은 침범하지 말라'이다. 그러나 유서를 쓴 본인은 '칠십에 아들을 낳았는데, 어찌 내 아들이 아니겠느냐. 그리하여 가산(재산)을 이 아들에게 전한다. 여서(사위)는 타인이니, 재산을 범하지 말라'의 뜻이었다고 한다. '豈非吾子'로 써야 할 것을 '其非吾子'로 써서 한 글자로 인하여 글쓴이의 중심 생각과 글을 읽는 이의 중심 생각이 전혀 다르게 나타난 것이다.

주제는 글의 성패를 좌우하는 매우 중요한 것이다. 아무리 좋은 글이라 하더라도 글의 핵심이 없고 확실하지 않으며 읽는 이의 관점에 따라 의미가 달라진다면 좋은 글이라고 할 수 없다.

(2) 주제는 참신하고 독창적이어야 한다

주제가 평범한 것은 글 읽는 이들의 마음을 움직일 수 없다. 문장력이 다소 부족하더라도 주제가 참신하고 독창적이면 독자의 욕구를 불러 일으킬 수 있다. 이처럼 주제는 매우 중요한데, 제재가 참신해서 주제가 참신한 경우도 있고 제재가 참신하지 않더라도 주제에 의미를 잘 부여하여 부각시키는 경우도 많이 있다. 봄에 흔히 피는 노란 개나리꽃을 보면서 '소망, 희망'의 의미를 부여할 수도 있고 어떤 이는 '인내, 끈기'의 의미를 부여할 수도 있다. 그러나 그동안 많은 사람은 개나리꽃이 이른 봄에 피기 때문에 '소망, 희망'의 의미를 익숙하게 갖고 있었을 것이다. 하지만 이른 봄 그 차가운 때에 개나리꽃을 피우기 위해 고생한 것에 초점을 맞춰 '인내, 끈기'로 의미를 부여한다면 매우 생소하고 참신하다는 느낌을 받을 수가 있다.

막연히 무엇인가를 기다리는 심정이 있다. 그것은 저 '봄'이라는 이름의 화려한 미래와 ─ 화려하리라고 예상되는 미래와 ─ 흔히 연결되기 쉬운 침체한 심정이다. 막연한 마음으로 봄이 오기를 기다린다.

그러나 봄이 온들 무슨 신통한 일이 생기랴. '사랑'이라는 이름과 관련이 있는 꿈을 갖기에는 인심의 뒷장을 너무 뚜렷이 보았다. '업적'을 노려 야망에 찬 계획을 세우기에는 '썩었다'는 아우성 귀에 젖은 나라의 꼴이 너무나 어지럽다.

하여튼 무슨 좋은 일이 제 발로 걸어 들 것을 앉아서 기다릴 형편은 아니다. '토정비결'이 아무리 반가운 예언으로 위로한대도 사태는 결국 대동소이할 것이다.

허나 현재가 이대로 계속돼도 좋다고는 더구나 생각되지 않는다. 회색빛 긴긴 겨울이 하루하루 지루하다.

봄이 만약 변화를 약속하지 않는다면 내 스스로 변화를 일으켜야 할 것이 아닌가. 그러나 내 밖에 변화를 일으킨다는 것은 수월한 일이 아니다. 만약 변화를 일으킴이 가능하다면 그것은 아마 내 안으로부터 시작되어야 할 것이다.

돌이켜보건대, 꼴이 이 지경에 이르게 된 것도 원인은 대체로 안에 있었던 것 같다. 인심의 각박(刻薄)함을 원망하고 고독을 허공에 호소한다. 그러나 네 자신 언제 남을 위하여 남을 사랑했느냐. 시대를 한탄하고 조국을 저주한다. 허나 너는 시대 밖에 있으며 조국을 떠나서 살았느냐. 새대와 조국을 위하여 네가 한 일이 무엇이냐.

◈ 김태길 「탈피 – 새봄에 부쳐서 – 」에서

'봄'이라고 하는 제재는 대부분 '희망, 소망'의 의미를 부여하고 있으나 위의 수필에서 '봄'은 희망이 없고 침체한 심정을 대변하는 어두움의 존재로 의미를 부여하고 있다. 당시 나라의 시대 상황으로 보아 암흑의 시대이기 때문에 변화를 일으키지 않으면 나라의 존재가 어둡다는 것을 여실히 보여 주고 있다. 봄이지만 우리가 변화하지 않으면 봄의 의미를 만끽할 수 없다고 본 것이다. 이렇게 남들이 생각하는 의미가 아닌, 새로운 참신한 의미를 부여하고 있어 독창적인 주제를 드러내고 있다.

(3) 주제는 체험에서 얻은 것이어야 한다

주제는 자기 주변에서 찾아야 하고 경험한 것을 바탕으로 끌어내야 한다. 수필은 여러 가지 논의가 있지만 그래도 체험을 바탕으로 이루어졌다는 데에 수필의 가치가 있는 것이다. 한 번도 남을 위해서 살아 본 적이 없는 사람이 봉사나 헌신에 대한 주제를 삼아 수필을 쓸 수 없듯이 자기 체험에서 우러나오지 않으면 수필을 창작하기 어렵다.

따지고 보면, 본질적으로 내 소유란 있을 수 없다. 내가 태어날 때부터 가지고 온 물건이 아닌 바에야 내 것이란 없다. 어떤 인연으로 해서 내게 왔다가 그 인연이 다하면 가버리는 것이다. 더 극단적으로 말한다면, 나의 실체(實體)도 없는데 그 밖에 내 소유가 어디 있겠는가. 그저 한동안 내가 맡아 있을 뿐이다.

94

울타리가 없는 산골의 절에서는 가끔 도둑을 맞는다. 어느 날 외딴 암자에 밤손님이 내방했다. 밤잠이 없는 노스님이 정랑엘 다녀오다가 뒤꼍에서 인기척을 들었다. 웬 사람이 지게에 짐을 지워놓고 일어나려다가 말고 일어나려다 말고 하면서 끙끙거리고 있었다. 뒤주에서 쌀을 한 가마 잔뜩 퍼내긴 했지만 힘이 부쳐 일어나지 못하고 있었던 것이다.

노스님은 지게 뒤로 돌아가 도둑이 다시 일어나려고 할 때 지그시 밀어주었다. 겨우 일어난 지게가 힐끗 돌아보았다.

"아무 소리 말고 지고 내려가게."

노스님은 밤손님에게 나직이 타일렀다. 이튿날 아침, 스님들은 간밤에 도둑이 들었었다고 야단이었다. 그러나 노스님은 아무말이 없었다. 그에게는 잃어버린 것이 없었기 때문이다.

본래무일물(本來無一物), 본래부터 한 물건도 없다는 이 말은 선가(禪家)에서 차원을 달리해 쓰이지만 물(物)에 대한 소유관념을 표현한 말이기도 하다.

그 후로 그 밤손님은 암자의 독실한 신자가 되었다.

✎법정 「本來無一物」에서

절에 도둑이 들었다는 것은 스님이어야만 경험을 할 수 있는 것이다. 일반 사람들은 이런 경험을 할 수가 없다. 더욱이 도둑을 발견했을 때에 자기 물건을 아무 소리 말고 가져가라고 하는 사람이 과연 있겠는가. 스님이기 때문에 가능한 것이다. 정신 분석에서 마음속에 억압된 감정의 응어리를 행동이나 말글을 통하여 발산함으로써 정신의 균형이나 안정을 회복하는 일을 '카타르시스'라고 하는데, 이런 수필을 읽으면 카타르시스를 느끼게 된다. 마지막 문장 '그 후로 그 밤손님은 암자의 독실한 신자가 되었다.'는 부분에서 우리도 많이 베풀고 살아야겠다는 다짐을 하게 되고 세상이 아무리 혼탁하다고 하지만 베풀면 반드시 돌아온다는 믿음을 갖게 해 준다. 분야마다 체험하는 것이 다르기 때문에 자기 분야의 소중한 체험을 수필의 주제로 삼는 것은 매우 중요한 일이다.

(4) 주제는 자기 능력에 맞는 것이어야 한다

　주제는 자기가 소화할 수 있고 능력에 맞아야 한다. 한 번도 남을 위해 베풀지 않은 사람이 '봉사와 헌신'을 주제로 글을 쓸 수 없고, 한 번도 남을 사랑해 보지 않은 사람이 '사랑'을 주제로 글을 쓸 수 없다. 또 안경을 써 보지 않은 사람이 안경에 얽힌 이야기를 주제로, 군대에 다녀오지 않은 사람이 '군복무'를 주제로 글을 쓸 수 없는 것이다. 물론 체험하지 않아도, 능력은 없어도 글은 쓸 수 있겠지만 독자들에게 충분히 전달할 수 있는 훌륭한 글은 되지 못한다.

　연령과 성별을 가리지 않고 사람의 유형을 두 가지로 나눈다면, 아마 대인과 소인으로 구별할 것이다. 그리고 또 대인이든지 소인이든지 이것을 각각 두 가지로 다시 나눈다면 인간 개체에 육체와 심령이 있고, 인생 생활에 물심(物心) 양면이 있으며, 대우주 자체에 물질과 정신면이 있듯이 대인에도 정신적인 대인과 육체적인 대인이 있을 것이요, 소인에도 또한 마찬가지일 것이다.
　그런데 소인이란 말을 사전에서 찾아보면, 육체적인 것에 대해서는 별로 주석이 없으며 오직 정신적인 소인에 대해서만, ① 세민(細民), ② 불초(不肖)한 사람, ③ 스스로 겸손하는 말(自謙之詞)이라고 규정되어 있다. 세민이라 함은 빈천한 사람을 의미하고, 불초한 사람이라 함은 학덕(學德)이 없고 성질이 사악한 사람을 가리킴이요, 셋째로는 상대자를 존경하기 위하여 자기를 낮추어서 '소인'이라고 일컫는다는 것이다.
　그런데 선조때 이수광(李晬光)의 <지봉유설(芝峰類設)> 제16권 <해학(諧謔)>조를 보면 다음과 같은 기록이 있다.
　난장이[短小者]가 비대(肥大)한 사람을 비웃는 말이,

　　말을 타니 다리가 땅에 끌리고,
　　방으로 들어가다 이마부터 부딪는도다.

배꼽에 불을 켜면 양초 대신이 될 것이요,

다리는 잘라서 사앗대를 삼을 만하도다.

이번에는 비대한 사람이 난장이를 비웃는 말이,

갓을 쓰니 발이 보이지 않고,

신을 신으면 정수리까지 들어가고 마는도다.

길을 가다 소 발자국 물만 보아도,

겨자씨 껍질로 배를 삼아 건느려는도다.

✎이희승 「오척 단구(五尺短軀)」에서

　　작가는 체구 작은 자기의 모습 '오척 단구'를 사전과 문학 작품 속에서 찾아 잘 그려내고 있는데, 육체적인 측면과 정신적인 측면으로 분석하여 실생활에서 느끼는 여러 문제점을 재미있게 잘 전개하고 있다. 본인의 모습을 그린 것이기 때문에 주제는 최상의 조건에서 생각할 수 있고 제재를 주제로 의미 부여하는 데도 어려움 없이 잘 해결해 나갈 수 있는 장점이 있다. 이처럼 주제는 자기의 능력에 맞는 것이어야 한다. 자기가 해결할 수 없는 주제, 능력에 맞지 않는 주제를 잡아서 무리하게 끌고 가지 않도록 유념해야 한다.

학과		학번		이름	

1. 주제 설정을 위해 다음 과정을 작성하시오.

1) 실제 체험

2) 주제 설정 과정

3) 주제 설정

4) 소주제 설정

2. 주제 설정할 때에 유의해야 할 점을 제시하였는데, 여기에 맞는 수필 예문을 들고 간단히 설명하시오.

1) 주제는 투명해야 한다.

2) 주제는 참신하고 독창적이어야 한다.

3) 주제는 체험에서 얻은 것이어야 한다.

4) 주제는 자기 능력에 맞는 것이어야 한다.

제7장 **수필의 구성**

1) 수필 구성의 개념

피천득은 「수필」이라는 글에서, 수필의 구성에 대하여 언급한 적이 있다.

'수필의 재료는 생활 경험, 자연 관찰, 또는 사회현상에 대한 새로운 발견, 무엇이나 다 좋을 것이다. 그 제재가 무엇이든지 간에 쓰는 이의 독특한 개성과 그때의 무드에 따라 '누에의 입에서 나오는 액이 고치를 만들 듯이' 수필은 써지는 것이다. 수필은 플롯이나 클라이맥스를 필요로 하지 않는다. 가고 싶은 대로 가는 것이 수필의 행로이다. 그러나 차를 마시는 거와 같은 이 문학은 그 방향(芳香)을 갖지 아니할 때에는 수돗물같이 무미(無味)한 것이 되어버리는 것이다.'

위의 글에서 '수필은 플롯이나 클라이맥스를 필요로 하지 않는다. 가고 싶은 대로 가는 것이 수필의 행로이다.'로 수필의 구성이 필요 없는 것으로 단정 짓고 있다. 그러나 방향을 갖지 아니할 때에는 수돗물과 같이 무미하다고 하였다. 이것은 앞뒤가 맞지 않는 말이다. 좋은 향기를 내지 못하는 수필이 수돗물과 같이 맛이 없다고 했는데, 여기서 방향(芳香)은 무엇인가. 바로 구성이다. 구성이 잘 이루어질 때, 수필은 향기를 발하는 것이다. 문학 작품 가운데 구성이 없는 작품은 있을 수 없다. 피천득이 '플롯이 없다'고 한 것은, 소설이나 희곡의 구성과 차이가 있다는 것을 밝힌 개인의 심경을 피력한 것이라고 볼 수 있다.

수필의 구성도 소설이나 희곡처럼 중요하다. 단지 희곡이나 소설은 허구를 바탕으로 하기 때문에 구성을 치밀하게 해야 사실성을 높일 수 있고, 수필은 진실을 바탕으로 하기 때문에 허구와 같이 그렇게 구성에 압박을 받지 않는다. 다시 말하면, 희곡의 구성은 소설보다 더 제약을 받고 소설은 수필보다 더 제약을 받는다. 이러한 점을 고려하여 수필의 구성이 느슨함을 잘못 표현한 것이라고 본다.

2) 수필 구성의 종류

수필 구성에는 단순구성, 복합구성, 산만구성, 긴축구성 등이 있다. 단순구성은 한 가지 이야기를 복잡하지 않고 단순하게 진행하는 구성으로 주제를 선명하게 나타내는 장점이 있으며 단조로운 구성이 되어 예술적 구조미를 흐려지게 하기 쉬운 단점이 있다. 복합구성은 두 개 이상의 이야기나 줄거리를 합쳐서 주제를 나타내는 구성으로 예술미를 효과적으로 나타내는 장점이 있으나 대등한 제재가 병렬적으로 나열되어 주제의 인상을 흐리게 하는 단점이 있다. 산만구성은 비교적 형식에 얽매이지 않고 순서도 연결도 없이 자유스럽게 써나가는 구성으로 전체적으로 통일된 주제를 선명하게 나타내는 장점이 있으나 겉으로 무질서하게 보이기 쉬운 단점이 있다. 긴축구성은 서두부터 끝까지 빈틈없이 유기적으로 질서와 논리 정연하게 짜여진 구성으로 산만하지 않고 통일된 인상을 주며 주제를 뚜렷하게 나타낼 수 있는 장점이 있으나 판에 박은 듯이 딱딱한 구성이 되기 쉽고 논문에 가까운 글이 되기 쉬운 단점이 있다(강석호, 2000).

수필 구성은 대체로 서두, 전개, 마무리의 순서로 이루어지지만 그러나 그 순서가 반드시 정해진 것은 아니다. 서두를 A라 하고, 전개를 B라 하고, 마무리를 C라 한다면 구성의 유형은 ABC형, BAC형, CBA형, CAB형, ACB형, BCA형 등 여러 가지 조합의 형으로 나타난다. 제재에 따라 주제를 어떻게 하면 효과적으로 나타낼 수 있는지 구성을 하는 것이 중요하다.

3) 체험과 느낌의 조화

수필 구성에서 체험과 느낌을 어떻게 배분할 것이냐가 매우 중요한 문제이다. 제재에 따라 달라지겠지만, 아무리 소중한 체험이라 할지라도 독자들이 공감하는 작품이 되기 위해서는 작가의 발견, 해석, 의미부여가 이루어져야 한다.

정목일(2000)은 수필에 있어서 체험과 느낌의 조화를 다음과 같이 제시하고 있다.

①	체 험		느 낌
②	체 험	느 낌	
③	체 험		느 낌
④	체 험	느 낌	의 미 부 여

① 사실성, 기록성은 강하나 딱딱하고 작가의 감정을 느낄 수 없다.

② 현장감이 약하고 추상성, 현학성에 빠질 우려가 있다.

③ 균형 감각과 조화를 얻을 수 있다.

④ 작가의 인생에 대한 발견과 의미 부여가 있다.

4) 구성의 실제

정동환의 작품 「행복한 하루」를 예로 들면서 구성의 실제 예를 살펴보기로 한다. 작가는 늦둥이 아들과 지내면서 행복감을 맛보는데, 이를 하루의 일과를 문단별로 구성한다. 모두 하루에 이루어진 일은 아니지만 재생적 상상에 생산적 상상을 혼합하여 꾸며 나간다. 구성은 문단별로 나누었으며 소주제를 내세워 주제를 드러내는 데 한몫하고 있다.

① 아침 운동을 하려고 학교 운동장으로 향한다. → 늦둥이가 매우 대견하다.

② 줄넘기, 후프 등 운동을 한다. → 힘겨워한다, 세상살이가 어렵다.

③ 축구를 한다. → '천방지공'이라며 쫓아간다.

④ 목욕탕에 간다. → 할아버지에게 등을 닦아드리는 아이가 예쁘다.

⑤ 목욕탕에서 집으로 향한다. → 횡단보도를 건너면서 궁금한 것을 질문한다.

⑥ 아침밥을 먹는다. → 어른은 아이의 거울이다.

⑦ 동화책을 읽는다. → 어릴 때 얻은 감동은 매우 중요하다.

⑧ 피아노를 친다. → 예쁜 자기 짝과 결혼하겠단다.

⑨ 그림일기를 그린다. → 이 아이는 나의 희망이다.

⑩ 오늘은 행복한 하루였다. → 아들과 함께 보낸 오늘은 정말 행복했다.

⑪ 아이가 예쁘게 자고 있다. → 자는 얼굴에서 눈을 뗄 수가 없다.

행복한 하루

정 동 환

　이른 아침이다. 깨워야 일어나던 아들 아이가, 오늘은 웬일인지 일찍 일어나서 운동을 하러 가자고 보챈다. 제 깐에는 방학 숙제를 하려는 조급한 마음에서 서두르는가 보다. 줄넘기줄, 후프, 축구공을 챙겨 가지고 학교 운동장으로 향하면서 아빠의 손을 잡아 끈다. 손을 잡으니, 이젠 제법 살이 붙어 잡을만 하다. 늦둥이 하나를 낳아 언제 키우나 하고 조바심을 했었다. 세월은 물 흐르듯 흘러 올해는 초등학교 학부모도 되고, 이만하면 다 키웠다는 생각이 든다.

　줄넘기도 하고 후프도 열심히 돌려보지만 제대로 되질 않는다. 녀석은 끝까지 잘 해보려고 애를 쓰지만 힘겨워 한다. 태권도 학원에서 배운 '나도 할 수 있다'는 구호를 외치면서 해보지만 역시 마찬가지다. 세상살이가 어렵다는 것을 서서히 맛보는 것 같아서 안타깝지만, 아들은 단단한 각오를 한 눈치이다. 어차피 피해 갈 수 없는 길이라면, 일찍 적응하는 것이 더 나을 것이다.

　아이는 누구를 닮았는지 운동을 못한다. 몸을 건강하게 하고 습관도 길러주기 위해서 아침마다 운동을 시킨다. 아침에 일어나서 운동을 하러 가자고 하는 것은 부단한 연습의 결과로 얻어진 것이다. 있는 힘을 다하여 공을 차지만 목표한 곳으로 가질 아니한다. 제 멋대로 내달리는 공을 보면서 '천방지공'이라며 쫓아간다. 몹시 급하고 함부로 행동할 때, '천방지축'이라고 한 적이 있다. 뜻하지 않은 곳으로 공이 이리저리 뛰니까 '천방지축'을 '천방지공'이라고 한 것이다.

　아이와 한참을 뛰고나니 땀이 흐르기 시작한다. 땀에 젖은 몸을 이끌고 목욕탕으로 향한다. 아이가 없을 때, 아이를 낳지 못하는 것을 가장 절실하게 느낀 곳이 목욕탕이다. 아이를 데리고 목욕탕에 온 이들이 그 때는 왜 그렇게 부럽던지. 그런 까닭에서인지 나는 아들을 데리고 목욕탕에 자주 간다. 목욕탕에 갈 때는 우리집 남자 3대가 늘 함께 간다. 할아버지의 등을 아빠가 밀어드리는 것을 보면서 아빠의 등은 자기가 꼭 밀어야 한다고 달려 온다. 할아버지가 넘어질 것 같다면서 할아버지의 손을 잡는다. 수건으로 할아버지의 얼굴을 닦아드리는 아이의 행동을 보면, 그렇게 예쁠 수가 없다. 아들의 행동을 보면서 효도란 말로 되는 것이 아니라 생활 가운데서 이루어진다는 것을 절실하게 느낀다. 막내며느리이지만 마다 하지 않고 아버지를 모시는 아내의 덕으로, 아들에게 효도하는 마음을 키워 줄 수 있으니 얼마나 흐뭇한 일인가.

상쾌한 기분으로 목욕탕을 나선다. 길을 건너려고 횡단 보도에 섰는데, 아이는 혼자 중얼거린다. '분명히 초록색 불인데 어른들은 왜 파란 불이라고 할까?' 빨간 불일 때는 멈추고 파란 불일 때는 건너야 한다고 배웠는데, 파란 불이 아니고 초록색 불이라는 것이다. 언젠가는 무지개 색깔이 왜 일곱 가지 색이냐고 물어서 아빠를 당황하게 한 적이 있다. 좋은 것을 발견했노라고 칭찬해 준다. 매사에 급하고 대충 처리하는 성격이라 걱정을 많이 했는데, 저런 세심한 면이 있다니 괜한 걱정을 하였다는 생각을 한다.

운동도 하고 목욕탕에도 다녀왔으니 아침밥이 꿀맛이다. 밥을 젓가락으로 먹는 것을 보고, 숟가락으로 먹어야 한다고 했더니 아빠도 젓가락으로 먹기 때문에 자기도 먹는단다. 아빠가 젓가락을 숟가락으로 바꾸니까, 아이도 싱긋 웃으면서 바꾼다. 어른은 아이의 거울이라고 하던 말을 실감한다. 아이 앞에서 밥 한 번 마음놓고 먹을 수 없게 되었으면서도, 대견하기 이를데 없다. 아이 앞에서는 행동 하나하나에 모범을 보여야 한다고 늘 생각하지만 뜻대로 잘 되질 않는다.

아이는 동화책을 즐겨 읽는다. 새가 울고 꽃이 시들면 마음 아파하고, 강아지가 죽으면 눈물을 흘린다. 그저 덤덤하게 보아 넘기질 아니한다. '다리 밑에서 주워 온 아이'를 읽고 자기를 혹시 다리 밑에서 주워 온 것이 아니냐고 묻기도 한다. '미운 아기 오리'를 읽고 병아리 식구들에게 쫓겨난 아기 오리가 불쌍하다고 엉엉 울기도 한다. '인생의 진리는 대학에서 배운 것이 아니라, 내가 어릴 때 어머니의 무릎을 베고 듣던 이야기 속에서 배웠다.'던 괴테의 말이 떠오른다. 도시에 사는 많은 사람들처럼, 달이 뜨는지 별이 떴

느지조차 모르고 살아가는 목석과 같은 사람이 되어서는 안 될 텐데. 어릴 때 얻은 감동이나 가르침은, 늙어서도 결코 잊혀지지 않는다고 귓속말로 들려 준다. 아이는 이해라도 한 것처럼 고개를 끄덕인다.

동화책을 읽다가 싫증이 나면 피아노를 친다. '갤웨이의 피리부는 사나이'를 정말로 피리부는 것처럼 신바람이 나게 치기도 하고, 사랑하는 이가 다시 돌아 올 것처럼 '내 사랑하는 이'를 진지하게 치기도 한다. 조그마한 손가락을 가까스로 움직여 피아노를 친 아이는, 예쁜 자기 짝과 결혼을 하겠단다. 늘 엄마와 결혼한다던 아이가, 엄마와는 결혼할 수 없다는 것을 알게 된 것이다. 아내는 매우 섭섭하다고 하지만, 생각이 깊어진 아이가 의젓하기만 하다.

하루 동안 지낸 일을 그림으로 그린다. 학교 운동장에서 축구하는 모습을 크게 그리고, 아빠와 오랜만에 축구를 한 오늘은 정말로 기쁜 날이라고 쓴다. 괴발개발 쓰던 글씨가, 이제는 예쁜 글씨로 바뀌어 간다. 일기를 큰 소리로 읽은 후에 아빠 품에 안긴다. "성훈이는 아빠의 ……."하면, "아빠의 희망이에요."한다. 지금의 이 아이는 정말로 나의 희망이다.

아들과 보낸 오늘은 행복한 하루였다. 그 동안, 일이 있다는 핑계로 같이 놀아주지 못한 것이 마음에 걸린다. 아이가 없었을 때는 절실하던 문제들이, 아이가 있으니까 대수롭지 않은 문제로 생각되는 것은 무슨 이유일까. 앞으로는 아이와 함께 하는 시간을 많이 가져야 되겠다고 다짐해 본다.

아들 아이가 흐뭇한 모습으로 예쁘게 자고 있다. 아빠와 보낸 하루가 매우 재미있었나 보다. 자는 얼굴에서 눈을 뗄 수가 없다. 고요하고 고요한 것을 모두 모아서 그 중 고요한 것만을 골라 가진 것이, 어린이의 자는 모습이라고 하지 않았던가. 평화라는 평화 중에 훌륭한 평화만을 골라가진 것이 어린이의 자는 얼굴이라는 말을 이제야 이해할 수 있을 것 같다고 생각하니, 아들 녀석은 알아들었다는 듯이 자는 얼굴에 미소를 띤다. 점점 밤이 깊어가고 있다.

학과		학번		이름	

1. 단순구성으로 이루어진 수필의 예를 들고, 구성의 장단점을 설명하시오.

2. 복합구성으로 이루어진 수필의 예를 들고, 구성의 장단점을 설명하시오.

3. 산만구성으로 이루어진 수필의 예를 들고, 구성의 장단점을 설명하시오.

4. 긴축구성으로 이루어진 수필의 예를 들고, 구성의 장단점을 설명하시오.

5. 문단별로 구성을 하고, 실제 구성에 따라 수필 작품을 완성해 보시오.

[문단별 구성]

① ②

③ ④

⑤ ⑥

⑦ ⑧

⑨ ⑩

[구성에 따른 수필 작품]
제목 :

제8장 **수필의 서두**

1) 서두의 유형

말을 하거나 글을 쓸 때에 시작을 어떻게 하느냐는 매우 중요하다. 그래서 서두를 어떻게 할 것인가를 두고 많은 고민을 하게 된다. 수필의 서두 또한 작품의 성패를 좌우할 만큼 매우 중요하다. 많은 사람은 서두를 들어 보거나 읽어 보고 끝까지 들어야 할지 읽어야 할지를 판단하기 때문에, 서두는 심사숙고해서 시작해야 한다. 옷을 입을 때에 첫 단추 끼기와 같고 인물화를 그릴 때 얼굴 부분과 같이 민감하다. 김진섭은 '문장의 사담(私談)'에서 '문장의 도(道)는 발단의 예술'이라고 했고, 러시아의 안톤 체홉은 '대부분의 작가가 문장에서 실패하는 것은 서두와 결말에 기인된다.'고 했다.

계용묵은 「침묵의 변」에서 다음과 같이 서두의 중요성을 기술하고 있다.

나에겐 언제나 서두 1행 여하에 작품의 성(成), 불성(不成)이 따르게 된다. 시작이 반이라는 말이 있지만 나의 창작에 있어서는 그것이 전부이며 이 1

행의 서두 때문에 살이 깎인다. 구상까지 다 되어 있는 작품도 서두의 1행을 얻지 못해 이태나 침묵을 지키고 있다.

위 글에서 보듯이 서두의 한 행이 작품의 성공 여부가 결정이 되기 때문에 심혈을 기울이지 않을 수 없다. '시작이 반'이라는 말도 시작이 어렵기 때문에 시작만 해 놓으면 그 다음은 거칠 것이 없어 반을 진행한 것이나 같다는 말일 것이다. 그만큼 시작이 중요한 것이다. 글을 써본 사람이라면 시작으로 얼마나 고민을 하고 살을 깎는 고통의 시간을 가졌는지 이해할 수 있을 것이다. 구상을 다 해놓고도 서두 한 줄을 시작하지 못해 두 해나 침묵을 지켰을까. 충분히 이해할 수 있고 마음속에 와 닿는 구절이다.

수필의 서두 유형을 여러 가지로 분류하고 가장 많이 적용하고 있는 대표적인 사례를 직접 소개하면 다음과 같다.

(1) 오창익(1996)의 분류 〈6유형〉

① 표제와 연관된 서두

보리, 너는 차가운 땅 속에서 온 겨울을 자라왔다. ✎한흑구 「보리」에서

② 중심사상의 핵을 압축한 서두

먹을 만큼 살게 되면 지난날의 가난을 잊는 것이 인지상정인가 보다. 가난은 결코 환영할 만한 게 못 되니, 빨리 잊을수록 좋은 것일지도 모른다.
✎김소운 「가난한 날의 행복」에서

③ 분위기나 상황, 행위로 시작하는 서두

올해 학교를 갓나온 딸아이가 취직을 하더니만, 첫 보너스를 탔다고 해서 내 손에다 백금반지 하나를 사다 끼워준다. ✎이영도 「반지」에서

④ 인용구로 시작하는 서두

"사람은 생각하는 갈대다."라는 말이 있다. 여기서 갈대라고 하는 것은 아

마 약하다는 뜻을 나타낸 것이 아닌가 한다. ✎이희승 「독서와 인생」에서

⑤ 때와 장소, 날씨 등의 제시로 시작하는 서두

벌써 사십년 전이다. 내가 세간 난지 얼마 안 돼서 의정부에 내려가 살 때다. ✎윤오영 「방망이 깎던 노인」에서

⑥ 인칭대명사로 시작하는 서두

나는 그믐달을 사랑한다. 그믐달은 너무 요염하여 감히 손을 댈 수가 없고, 말을 붙일 수가 없이 깜찍하게 어여쁜 계집 같은 달인 동시에, 가슴 저리고 쓰리도록 가련한 달이다. ✎나도향 「그믐달」에서

(2) 정목일, 전영숙, 신상정(2000)의 분류 〈12 유형〉

① 주제나 제목의 해석으로 시작한다

낙엽이다. ✎김태길 「낙엽」에서
글을 쓴 지 오래다. ✎이양하 「글」에서

② 글을 쓰는 동기부터 시작한다

지난 여름 미국 출장길에 키웨스트에 있는 헤밍웨이의 집을 찾아볼 기회를 가졌었다. ✎김태문 「헤밍웨이가 사는 집」에서

③ 묘사에서부터 시작한다

오랜만에 목발 짚은 몸을 엘리베이터에 싣고 내려와 현관 앞 콘크리트 난간에 기대고 섰다. 5개월 만에 처음 나가 본 바깥세상이다. ✎김영배 「5월이 열리는 뜨락」에서

④ 설명에서 시작한다

중년 부인네 한 분이 다방으로 들어와 커피를 마신 뒤에 '한 잔 더'라고 두 번째 잔을 청했다. ✎김소운 「두 잔씩 커피」에서

⑤ 대화에서 시작한다

"이 동네 사십니까?

"예 그렇소만,"

"?"

"한 번 보이소, 담배꽁초나 휴지 조각 하나 찾아보기 어렵습니다."

이는 얼마 전 택시 기사와 나눈 대화의 한 토막이다. ✎장인문 「청소 이야기」
에서

⑥ 인용에서 시작한다

'바람이란 모든 것에 영향을 주고 세상일을 가르친다.'고 장자(莊子)가 말
했다. ✎이숙 「바람」에서

⑦ 독백에서 시작한다

살다 보면 개인 사정으로 인해서 상대방의 간청을 고사(固辭)해야 할 때
가 있다. 상대방은 나를 믿고 좋은 뜻으로 하는 부탁이지만 내 처지에서 엄
청나게 부담스러워, 그 간청을 거두도록 설득해야 할 경우에는 이만저만이
고독이 아니다. 그러한 것 가운데 하나가 혼례식의 주례이다. ✎최규찬 「순진한
부자의 착각」에서

⑧ 질문(의문)에서 시작한다

'택시 안에서 잠시 후면 만나게 될 그녀를 생각해 본다. 어떤 모습으로
살고 있을까?' ✎정숙자 「아버지를 닮은 불상」에서

⑨ 상징이나 비유에서 시작한다

문학은 금싸라기를 고르듯이 선택된 생활 경험의 표현이다. ✎피천득 「순례」
에서

절은 산의 한 가운데, 고요의 한복판에 있다. ✎정목일 「땅끝 마을 가는 길」에서

⑩ 일의 동기나 결과에서 시작한다

자동차의 정기 점검에 들어갔다. ✎윤재천 「동행자의 이탈」에서

책상 정리를 하는데 한 책갈피에서 누렇게 퇴색된 사진 한 장이 나왔다.
✎주영준 「두 이야기」에서

126

⑪ 계절에서 시작한다

　　어느덧 여름이 가고 가을이 깊어가고 있다. 나는 지금 소백산 연화봉 밑 구인사 공명당 앞 뜰에 서 있다. ✎김구봉 「가을을 간다」에서

　　7월이다. 태양의 달이라고 일컬어지는 7월의 산하는 육중한 녹음에 짓눌려 질식할 것 같다. ✎김병권 「그날의 증언」에서

⑫ 사색에서 시작한다

　　비 오는 날, 창밖이 내다보이는 대청마루에 서서 뜰을 마주보며 두 눈 속에 담아둔 목련나무 두 그루를 떠올리고 상념에 잠긴다. 가을비에 젖고 있는 그루터기에 떨어진 낙엽들이 뒹굴고 있어 공허감으로 가슴이 가득해진다. ✎유정희 「목련나무의 여운」에서

(3) 강석호(2000)의 분류 〈7유형〉

① 주제나 제목의 해석(풀이)으로 시작

　　'딸깍발이'란 것은 '남산골 샌님'의 별명이다. 왜 그런 별호가 생겼느냐 하면 남산골 샌님은 지나 마르나 나막신을 신고 다녔으며 마른 날은 나막신 굽이 굳은 땅에 부딪쳐서 딸깍딸깍 소리가 유난했기 때문이다. ✎이희승 「딸깍발이」에서

② 어떤 상태를 설명하는 서두

　　어수룩하고 사람 좋아 보이는, 나이 50가량 되는 중노인 한 사람이 기차 칸에서 자리를 잡고 앉았다가 변소에 갔다 온 틈에 그 자리를 남에게 빼앗겨 버렸다. ✎김소운 「차중견문」에서

③ 격언이나 속담 또는 학설의 제시로 시작

　　임어당의 '생활의 발견'에 의하면 독서에는 두 가지가 있는데 하나는 정신 향상을 위한 것, 즉 지식을 넓히기 위한 공리적인 것이요 하나는…. ✎유진오 「독서二題」에서

④ 계절의 감각이나 서정적 분위기 강조

　　6월 초순. 그날은 오랜 가뭄 끝에 밤새껏 내리던 소낙비가 뚝 그치고 태
양이 한결 눈부시게 빛나는 날이었다. ✎강석호 「沙江紀行」에서

⑤ '나는' '우리는'에서 시작

　　나는 그믐달을 좋아한다. 그믐달은 너무 요염하여 감히 손을 댈 수가 없
고 말을 붙일 수도 없이 깜찍하게 어여쁜 계집 같은 달인 동시에 가슴이 저
리고 쓰리도록 가련한 달이다. ✎나도향 「그믐달」에서

⑥ 대화로 시작하는 서두

　　"어머니, 오늘 점심엔 별식을 보내 드릴게요."
　　건축 설계와 강연 등으로 바쁘게 살고 있는 우리집 장남이 가끔씩 내게
이런 전화를 한다. ✎전희국 「비상하는 학처럼」에서

⑦ 역설로 시작

　　'꽃동네엔 꽃이 없다.' ✎이웅재 「꽃동네」에서

　　위에서 분류한 유형을 요약하면 주제나 제목의 해석, 글을 쓰는 동기, 계
절의 감각이나 서정적 분위기, 격언·속담·학설의 제시, 인용구, 대화, 질문,
상징이나 비유, 일의 동기나 결과, 계절, 사색, 인칭대명사, 역설 등으로 분류
할 수 있다. 이 유형들을 참고하여 어떻게 서두를 시작하면 주제가 잘 드러날
수 있는지 계획을 세우고 작품을 쓰면 수필 창작에 많은 도움이 될 것이다.

2) 서두의 서술 요령

(1) 쉬운 말로 바르게 쓴다.

　　우리는 예전에 한자말을 즐겨 써온 경험이 있기 때문에 독자의 호기심을

불러 일으키기 위해서는 어려운 한자말로 시작하려는 경향이 있다. 독자에게 알기 쉽게 중심 내용을 잘 전달하여 내용으로 승부를 보려는 것이 아니고, 어떻게 문장을 멋있게 만들어 드러내 보일까에 관심을 집중했던 것이다.

세종대왕이 훈민정음을 창제할 때에도 일부 양반들은 온 국민이 글자를 편하게 쓰는 것에 치중한 것이 아니라 자기네들이 갖고 있는 한자 실력의 기득권을 먼저 생각했기 때문에 훈민정음 창제를 반대했던 것이다. 양반이 하인들에게 한자로 편지를 써주고 전달하곤 했는데, 그때 하인들이 그 글을 알아보지 못한다는 데에 양반들은 큰 쾌감을 가지고 있었을 것이다. 자기들이 오랜 동안 익혀온 글에 대한 기득권을 내려놓지 못한 행동이다.

수필의 서두는 매우 중요하다. 첫줄을 읽어보고 더 읽을 것인가, 읽지 않을 것인가를 결정하게 된다. 서두의 유형 가운데 적절한 것을 택하여 시작할 수 있겠지만 무엇보다 중요한 것은 쉬운 말을 써야 한다는 것이다. 문장을 쉽고 바르게 어법에 맞춰 글을 쓰면 독자들은 거리감을 두지 않고 접근하게 되며 친근감을 갖게 된다.

(2) 간결하고 참신한 문장으로 시작한다.

수필의 서두는 간결한 문장으로 시작하는 것이 바람직하다. 우리가 사람을 처음 만날 때에 첫인상에 관심을 갖는 것처럼 수필 작품을 처음 읽을 때에도 수필의 서두가 매우 중요하다. 시작을 간결하게 하고 참신한 문장으로 시작한다면 독자들에게 좋은 인상을 심어 줄 수 있고 친근한 맛을 주어 쉽게 다가갈 수 있을 것이다. 수필의 서두 유형이 여러 가지 있지만 가장 기본적인 것은 내가 이 수필을 쓰게 된 동기부터 써내려 가는 것이다. 써내려 갈 때에 복잡하게 쓰려고 생각하지 말고 어떻게 하면 독자들에게 간결하게 보여 줄 수 있을까, 어떻게 하면 독자들에게 참신하게 보여 줄 수 있을까를 생각하면 된다.

보통 글을 쓰는 이들은 처음부터 많은 것을 독자들에게 보여주려고 하기 때문에 서두부터 무거워진다. 글을 무겁게 쓴다는 것은 문장이 간결해질 수가 없고, 무거워지면 자연히 독자들이 부담을 가지게 된다. '부담'이라는 낱말은 글을 쓰는 이들에게도 좋지 않은 것이지만 글을 읽는 이들에게도 좋지 않은 결과를 가져온다. 어떻게 하면 독자들에게 부담을 주지 않을까를 생각하면 서두가 가벼워질 것이고 자연히 간결한 문장으로 출발할 것이다.

(3) 추상적인 낱말은 피해야 한다.

추상적인 낱말은 수필에서 피하는 것이 좋다. 추상적인 낱말을 쓰면 개념적이고 관념적인 문장이 되어 독자들을 설득하고 이해시키는 데에 어려움이 있다. 더욱이 추상적인 낱말은 자기의 경험을 바탕으로 하는 수필에서 진실성과 사실성이 떨어지기 때문에 어울리지 않는다. 추상적인 낱말이 수필 중간에 활용할 때에도 이를 독자에게 이해시킬 수 있는 충분한 예가 있어야 할 것인데, 수필 서두에 활용하는 것은 금해야 할 일이다.

우리가 수필을 읽다 보면 중간에 앞뒤가 맞지 않는 추상적인 낱말을 활용하여 이해가 되지 않아 문장의 앞뒤를 여러 번 읽어 볼 때가 있다. 특별한 경우가 아니면 추상적인 낱말은 활용하지 않도록 해야 하겠고 특별히 서두에는 더욱 조심해야 할 것이다.

학과		학번		이름	

1. 수필 서두의 유형에는 여러 가지가 있는데, 다음 유형으로 시작하는 수필을 찾아보고 한 문 단 이상 써 보시오.

    1) 주제나 제목의 해석으로 시작

    2) 글을 쓰는 동기로 시작

    3) 계절의 감각이나 서정적 분위기로 시작

131

4) 격언 · 속담 · 학설의 제시로 시작

5) 인용구나 대화로 시작

6) 질문으로 시작

7) 상징이나 비유로 시작

8) 일의 동기나 결과로 시작

9) 인용구나 대화로 시작

10) 때와 장소, 날씨의 제시로 시작

11) 인칭대명사로 시작

제9장 **수필의 결말**

1) 결말의 유형

문장의 결말이란 글의 마무리로 매우 중요한 부분이다. 제재를 잡아 주제를 설정하고 수필 한 편을 쓴다면, 마무리에는 제재에 의미 부여를 하여 주제를 드러내는 문장을 쓰고 싶어 할 것이다. 이 부분이 바로 결말이다. 결말에는 남의 이야기를 쓰거나 내 경험을 열거하는 곳이 아니다. 지금까지 쓴 것을 종합한 중심 사상을 독자들에게 보여 주어야 한다.

우리가 어떤 글을 읽었을 때에 기억에 남는 것은 그 글의 마지막 부분이다. 오랜 여운을 갖고 사람의 마음속에 오래 간직할 수 있는 의미 있는 글을 남긴다는 것은 매우 중요하다. 오 헨리(1862-1910)는 글의 결말을 강조하여 작품의 결말에다 온갖 재주와 묘를 잘 발휘했는데, 이런 결말을 '오 헨리식 종결법'이라 하여 이 방법을 널리 활용한 바 있다.

수필의 결말은 대개 4개의 유형으로 분류된다. 종합하고 요약하는 마무리, 공명·공감을 유도하는 마무리, 이해와 반성을 촉구하는 마무리, 긴장미를 고

조시키는 마무리로 나타나는데 이를 바탕으로 수필을 마무리하면 효과적일 것이다. 이외에 수필을 열심히 쓰면서 새로운 유형의 마무리를 모색하는 작업이 필요하다.

(1) 요약하고 통괄하는 마무리

학생들이 쓴 수필을 읽어 보면, 자기의 경험을 늘어놓고 그 경험을 바탕으로 하고 싶은 말을 늘어놓는 경우가 많다. 대부분 늘어놓다가 마무리를 제대로 하지 못하여 무엇을 말하고자 하는 것인지, 주제가 무엇인지 분명하지 못할 때가 많다. 세상을 놀라게 하는 아무리 좋은 글이라도 늘어놓기만 해서는 좋은 글이라고 할 수 없다. 무엇을 말하려는 것인가를 독자가 분명히 알게 하기 위해서는 앞에 늘어놓은 내용을 요약하고 한데 묶어서 통괄하는 내용을 메시지로 뿜어내어야 한다.

> 한 발 가까이 다가온 겨울의 문턱에서 나는 지난 여름의 화려하고 아름다웠던 추억을 마음속 깊이 간직한다. 누렇게 잘 익은 멧돌짝 만한 호박을 따면서 특별히 노력을 한 것도 없는 우리에게 이처럼 풍성한 선물을 주는 자연의 은혜에 새삼 고마움을 느낀다. 정서적으로 각박해지기 쉬운 도시인에게 자연은 마음의 고향이며 생명의 원천임을 다시 한 번 체감하면서.
>
> ✎ 김충환 「마당 속의 자연」에서

(2) 공명(共鳴)을 불러일으키는 마무리

공감(共感)은 '남의 감정, 의견, 주장 따위에 대하여 자기도 그렇다고 느낌, 또는 그렇게 느끼는 기분'이고, 공명(共鳴)은 '남의 사상이나 감정, 행동 따위에 공감하여 자기도 그와 같이 따르려 함'이다. 수필은 공감으로 끝나지 아니하고 공명으로 이어지는 것이 매우 중요한데, 글쓴이의 경험과 사상에 동조하면서 독자의 공감은 싹트기 시작하고 공명을 불러 일으킬 때에 작품의 효과를 극대화시킨다고 본다.

　　가족의 굶주리는 것을 참을 수 없어 마음에 없는 짓이나 비루한 웃음이
라도 웃어가며 살아야 할 것이니 개성이나 자존심만을 싸가지고 지낼 수도
없다. 여기에는 최소한의 타협은 필요하리라. 그러나 죽을 밥으로 바꾸기 위
하여, 대단스럽지도 못한 남들과 어깨를 맞추기 위하여 자기의 신조와 고집
을 꺾고, 한가로운 자유의 행복을 포기하고 싶지는 않다.

✑ 윤오영 「처빈란(處貧難)」에서

(3) 반성하거나 요망하는 마무리

글쓴이의 경험에 의미를 부여하면서 의미를 부여한 정당성에 대하여 반성
하거나 의미를 부여는 했지만 만족스럽지 못하여 바라는 바를 희망하며 마무
리를 짓는 방법이다. 독자로 하여금 글쓴이에게 동조하도록 권유하거나 글쓴
이의 주장대로 실천하도록 요망하는 방법으로 가르치려고 하는 특성이 있어
서 문예적인 감각이 약화될 수 있다는 것이 단점이다.

　　잊을 수 없는 사람을 거친 뒤에 잊혀지지 않는 사람이 되는 것인데, 너는
이 과정을 거치지 아니하고 바로 잊혀지지 않는 사람이 되어버렸다. 그러기
에 더욱 애달프고 가슴이 메어지는 것이다. 래현이 너는 세월이 아무리 흘
러가더라도 영원히 우리 가슴속에 잊혀지지 않는 사람으로 남아 있으리라.

✑ 정동환 「잊혀지지 않는 사람」에서

(4) 긴장감을 높이는 마무리

독자에게 마음을 조이고 정신을 바짝 차리게 해주는 느낌을 갖게 해 준다
면 얼마나 좋을까. 글쓴이들이 모두 바라는 마음일 것이다. 긴장감은 독자에
게 강한 인상을 주고 글쓴이의 의도를 명확하게 전달하는 방법으로 마무리로
는 매우 효과적인 방법이다. 그러나 글쓴이가 전하고자하는 메시지의 강도와

긴장감의 강도가 적절히 맞아들어 가야지 강도가 다르면 독자에게 바르게 전해지지 않아 조심해야 한다.

> 야수처럼 서로 물고 뜯으며 피를 찾아 발광하는 살기 띤 눈이 결코 우리들 인간의 눈은 아니다. 무심한 꽃은 핀다 하기로 6월이 장미의 계절일 수만은 없다. 아직도 우리 조국의 산하(山河)에서는.
>
> ◈ 법정 「아직도 우리에겐」에서

> 잔디 위에 누워서 쳐다보는 아름아름한 봄 하늘, 친한 동무와의 산보와 이야기, 이러한 것은 모두 조그마한 기쁨이나마 우리의 한때의 기분을 전환하고 우리의 그날 그날을 애상과 우수에서 건져 내는 큰 힘이 되지 아니할까? 그리고 이러한 기쁨이야말로 어떻게 말하면 도리어 우리 인생의 참다운 기쁨이 되는 것이 아닐까?
>
> ◈ 이양하 「조그만 기쁨」에서

2) 결말의 서술 요령

(1) 자신감이 있게 써야 한다.

수필에서 결말은 제재에 의미를 부여하여 메시지를 생산하는 매우 중요한 부분이다. 결말에 와서 경험을 쓰거나 남의 이야기를 인용해서는 안 된다. 결말의 마지막 1-2 문단은 남의 생각이 아니라 내 생각을 써야 하고, '~인 것 같다'가 아니라 '~이겠다, ~하겠다'의 의지형 서술어로 마무리해야 독자들이 믿음을 갖고 받아들이게 된다.

(2) 메시지(주제)가 드러나야 한다.

수필의 결말에서 메시지(주제)가 드러나는 것은 당연한 것이지만, 다른 곳에서 언급이 없다가 갑자기 결말에 와서 드러내고자 한다면 독자들의 공감이 약화될 것이다. 다른 문단에서 적절하게 소주제를 드러내다가 마지막 결말에 소주제를 통괄하는 마무리 메시지(주제)를 드러내는 것이 중요하다. 이 때에 사건의 형장성이나 상황을 밑바닥에 깔고 표현하면 매우 효과적이다.

(3) 여운을 주면 효과적이다.

수필의 결말 가운데 가장 마지막 문장이 매우 중요하다. 마지막 문장의 한 줄이 독자들의 마음을 끌어당기는 절호의 기회이다. 수필은 글쓴이의 실제 경험을 바탕으로 하기 때문에 믿음을 갖고 함께 울기도 하면서 웃기도 하는 것이다. 독자들에게 충분한 메시지를 전달하고 거기에 더 나아가 감동까지 준다면 수필의 임무를 다했다고 볼 수 있다. 그 감동이 마지막 한 문장에 달려 있다는 생각으로 고민하면서 정성껏 써 내려 가야 할 것이다.

학과		학번		이름	

1. 수필 결말의 유형에는 여러 가지가 있는데, 다음 유형으로 마무리하는 수필을 찾아보고 한 문단 이상 써 보시오.

1) 요약하고 통괄하는 마무리

2) 공명을 불러 일으키는 마무리

3) 반성하거나 요망하는 마무리

4) 긴장감을 높이는 마무리

제10장 **수필의 제목**

　사람에게도 이름이 중요하듯이 수필 작품에도 제목은 매우 중요하다. 작품의 제목을 보는 순간, 읽고 싶은 욕구가 일어나기도 하고 사라지기도 한다.

　유명한 작가들도 글을 써 놓고 제목을 붙이는데 많은 고심을 하였다. 뒤마 (Alexandre Dumas Pere)는 『몽테크리스토 백작』을 탈고하고 제목을 붙이는 데 많은 시간을 보냈다. 뒤마는 피렌체에 망명 중 나폴레옹의 동생 제롬과 함께 엘바섬에 갔다가 괴상한 바위섬 하나를 보게 되었는데, 그 바위섬은 13세기에 승원(僧院)이 있었고 터키군의 침공시 승려들이 달아나면서 많은 보물을 감추어 두었다는 전설과 함께 그 이름이 '몽테크리스토'였다. 뒤마는 그 어감이 마음에 들어 자신의 방문을 기념으로 소설을 써놓고 제목을 '몽테크리스토 섬'이라고 붙이려니 '섬'이란 말이 거슬려 섬 대신 '백작'이란 말을 붙였다. 그 후, 이 소설의 제목은 유행어가 되다시피 했다.

　셰익스피어는 『햄릿』을 써 놓고 제목 때문에 고심하다 어느 음식점에 가서 '햄'이 든 '오믈렛'을 먹게 되었는데 햄과 오믈렛을 붙여 '햄렛'을 착안하여 '햄릿'이란 제목을 붙이게 되었다고 한다. 이와 같이 세계적 명작도 의도적인 제목이 있는가 하면 우연한 것도 있다.

1) 제목의 유형

발표된 수필을 분류해 보면, 제목의 유형은 여러 가지로 분류가 되지만 가장 많은 유형은 제재를 그대로 사용한 것, 주제를 요약한 것, 주제를 풀이한 것, 줄거리를 요약한 것, 글의 쓰임을 내세운 것, 연결어미 '-과', '-의'를 결합하여 붙인 것, 각자 기호에 따라 감각적으로 붙인 것 등으로 분류할 수 있다.

(1) 제재를 그대로 사용한 것

수필의 제목을 붙일 때 제일 많이 쓰는 방법으로 과거의 수필은 대개 제재를 그대로 제목으로 사용하였다. 제재에 의미를 어떻게 부여하느냐에 따라 주제가 달라질 수 있는 것이지만 제재를 보면 주제를 짐작할 수 있었다. 제목을 어떻게 붙일지 고민해도 제목이 떠오르지 않을 때 가장 무난한 방법이기는 하다.

중절모자(김소운), 가을꽃(이태준), 매화(김용준), 초상화(박연구), 눈물(피천득), 오척 단구(이희승), 산나물(노천명), 비둘기(조지훈), 봄물(조경희), 창문(김태길), 미리내(서정범), 아버지(이양하), 봄(윤오영), 나팔꽃(장수연), 느티나무(임홍순), 바이올렛(방계은), 어촌(한석근), 아내(강희준), 초가집(임윤희)

(2) 주제를 요약한 것

수필의 각 문단에는 소주제가 있고 이 소주제와 연관되어 마지막에 주제(대주제)가 형성이 되는데, 이 과정에서 소주제와 대주제를 관련지어 제목을 만드는 경우가 많다. 주로 낱말과 낱말, 수식어와 낱말, 문장으로 요약을 하는데 제목을 보면 주제를 어렴풋이 알 수가 있다. 독자들에게 암시하는 주제를 미리 알려주어 작품을 효과적으로 감상하게 하는 것이 장점이다.

> 봄을 기다리는 마음(이양하), 잊을 수 없는 사람(법정), 화제의 빈곤(김진섭), 서리 맞은 화단(김태길), 나의 사랑하는 생활(피천득), 출생지에 얽힌 이야기(윤형두), 말을 알아듣는 나무(박연구), 두꺼비 연적을 산 이야기(김용준), 가난한 날의 행복(김소운), 낚시는 행동의 기(최신해), 삶을 포기한 비둘기(박영분)

(3) 주제를 풀이한 것

추상적인 주제를 풀이해서 구상적인 주제로 만들어 제목으로 내놓는 것이다. 글쓴이가 생각한 주제가 독자에게는 생소하게 들릴 수도 있고 이해가 되지 않을 수도 있는데, 이를 풀이해서 제목으로 내 놓으면 독자들이 읽어가면서 쉽게 이해할 수 있다는 데에 장점이 있다. 독자에게 글의 주제를 정확하게 부담없이 전달할 수 있는 장점이 있는 반면에 잘못 전하여 독자에게 독이 될 수 있는 측면도 있다.

> 누구를 위해 쓸 것인가(이태준), 진실의 기록이어야(박연구), 매력이란 무엇이냐(조지훈), 글을 쓴다는 것(김태길), 녹은 그 쇠를 먹는다(법정), 물처럼 흐르고 싶다(김병관), 보기에 좋았더라(김정의), 아름다운 노을을 그리고 싶다(서병태), 나는 살고 싶다(황경원), 아직은 떠날 때가 아니다(정경자)

(4) 줄거리를 요약한 것

작품의 줄거리를 축약하고 줄여서 제목을 붙이는 것은 매우 중요하다. 줄거리는 주로 경험을 토대로 한 글쓴이의 내용이 되는데, 이 줄거리를 줄여서 제목으로 드러내면 독자들이 이해하는 데 한층 빠를 것이다. 줄거리를 줄여서 보여주는 것은 주제의 방향도 알 수 있기 때문에 독자들은 주제의 방향을 잡을 수 있다.

　　백사장의 하루(윤오영), 출생지에 얽힌 이야기(윤형두), 창원 장날(김소운),
바보의 추억(양승본), 그녀의 커피 마시는 법(황민자), 호주로 온 아이들(장석
재), 광대들의 줄다리기(안재식), 혼자 두는 바둑(김덕일), 열어두고 온 대문
(김진춘), 사진을 찍는 사람들(김애경), 참빗 고르는 여인(김영애)

(5) 글의 쓰임을 내세운 것

　　우리가 생활을 영위하면서 살아갈 때, 관혼상례에 접할 수도 있고 각종 행
사에 참여하면서 부득이 목적이나 쓰임에 따라 글을 쓸 수가 있다. 어떤 분야
에 훌륭한 업적이 있는 분이 돌아가셨을 때에 조사를 쓸 수도 있고, 긴 여행
을 다녀와서 기행문을 쓸 수도 있으며 각별한 이에게 편지를 쓸 수도 있다.
이 때 그 쓰임에 따른 문체의 특징이 제목에 나타날 수 있다.

　　시집가는 친구의 딸에게(피천득), 소음(騷音)기행(법정), 정원사의 기도(김
소운), 병상에 계신 선생님께(손광야), 연암을 다녀와서(천하영), 해발 칠백
고지에 올라(심성구), 여름 일기(이정옥), 막내에게 띄우는 글(장혜자), 가을
편지(하현정), 대만에서의 48시간(임재형), 산방 일기(장돈식), 친구를 더나보
내고(박연구)

(6) 연결어미 '-과', '-의'를 결합하여 붙인 것

　　'ㄱ과 ㄴ'은 대등한 관계로 이루어진 합성어로 ㄱ과 ㄴ이 연속성인 경우도
있고 불연속성인 경우도 있다. 예를 들어 '펜과 종이'는 연속성인 관계이지만
'중절모와 하모니카'는 불연속성인 관계이다. 아버지가 살아 계실 때에 중절
모를 잘 쓰고 다니셨고 늘 하모니카를 불고 다니셨는데, 아버지가 돌아가신
지금 몹시 아버지가 보고 싶다면 제목으로 '중절모와 하모니카'라는 불연속성

인 조합이 이루어질 것이다.

아파트와 도서관(법정), 서영이와 난영이(피천득), 독서와 인생(이희승), 어느 선배와 후배(박연구), 생활과 행복(윤오영), 나비와 사공(김미숙), 수필과 茶(이일헌), 나무장수와 나물장수(지오), 중절모와 하모니카(정동환), 행복의 장(김소운), 토깽이의 허세(김태길), 어부의 그 한 마디(임현옥), 책의 미학(윤형두)

(7) 각자 기호에 따라 감각적으로 붙인 것

요즘 수필의 제목 붙이기는 각자 기호에 따라 감각적으로 붙이는 경우가 많다. 이러한 제목은 독자에게 호기심을 주고 관심을 불러 모으는 데에 효과적일 수는 있으나 자칫 잘못하면 본질을 벗어나 수필의 창작성을 훼손하는 경우도 있을 수 있어 조심해야 한다. 내용의 주제와는 다른, 제목만 거창한 수필이 되지 않기 위해서는 심사숙고한 고민이 있어야 할 것이다.

혼자 떠나는 이의 뒷모습은 아름답다(주희종), 영혼이 불에 데이면 그런 빛이(최정희), 내 몸에 손대지 마세요(손혜숙), 내가 바람을 피울 수 없는 이유(강춘삼), 바다는 늘 그렇게 멀리 있으라 한다(가인혜), 한 그루의 조팝나무를, 그이의 무덤가에 심어주고 싶다(유경숙), 흐르는 것이 어찌 물뿐이랴(방계은)

2) 제목 붙이는 데 유의해야 할 점

(1) 수필의 제목은 선명하고 간결해야 한다.

사람의 이름을 지을 때에 정성껏 심혈을 기울여서 하듯이 수필의 제목을 붙일 때에도 정성을 들여야 한다. 수필의 제목을 들여다 보면 독자들이 내용 전체를 파악할 수 있도록 해야 하고, 글쓴이가 의미 부여를 어떻게 했는지도 파악할 수 있도록 제목을 붙여야 한다. 그렇게 하려면 제목은 선명하고 간결해야 하는데, 제목은 가능하면 작품을 다 써놓고 퇴고하는 과정에서 고민을 하는 것이 좋다.

(2) 기대감과 호기심을 불러일으켜야 한다.

독자가 수필의 제목을 보는 순간에 작품을 읽고 싶은 욕구가 생기도록 하는 것이 중요하다. 읽고 싶은 욕구가 생긴다는 것은 기대감과 호기심이 마음 속에 일어나고 있다는 첫 번째 신호이다. 그러나 독자의 호기심을 유발하는 데에만 관심을 가진다면 자칫 주제에 걸맞지 않은 유치한 제목을 붙일 수도 있다. 이 점을 특별히 경계해야 한다. 다른 수필에서 볼 수 있는 같은 이름이 많이 생기는 것도 독자를 너무 의식하기 때문에 나오는 것이다. 우리가 작품을 창작할 때에는 심혈을 기울여 쓰지만 제목을 붙일 때에는 소홀히 하는 경향이 있는데, 이 점만 주의한다면 독자들의 관심을 끄는 제목을 얼마든지 붙일 수 있으리라 본다.

(3) 지나치게 학술적이거나 선정적인 제목은 피해야 한다.

수필의 목적이 지식 전달에 있다면 제목을 학술적인 제목으로 붙여도 관계 없겠지만, 수필의 목적은 지식 전달에 있는 것이 아니기 때문에 유념해야 한다. 쉬운 토박이말로 붙이는 것이 바람직하고 무엇보다 내용과 주제에 걸맞은 수필다운 제목을 붙이는 것이 좋다. 또 제목이 너무 선정적이거나 너무 가벼우면 작품의 질을 낮게 보는 경향이 있다는 것도 늘 염두에 두어야 할 요소이다.

(4) 추상적인 것보다는 구상적인 것이 좋다.

　수필의 제목이란 사람의 얼굴과도 같은 것이다. 얼굴만 보고 첫눈에 반했다는 사람이 있는 것처럼 우리는 제목만 보고도 곧잘 작품에 이끌려 들어가는 경우가 많다. 추상적인 것보다 구상적인 것이 더 호소력이 있고 설득력이 있다. 구상적인 것에 머릿속에 쏙 들어오는 쉬운 말로 표현한다면 더할 나위 없으며, 작품의 내용에 관심하는 것만큼 작품의 제목도 관심을 갖는다면 수필의 질을 높이는 데 큰 역할을 할 것이다.

학과		학번		이름	

1. 제목을 붙이는 유형에는 여러 가지가 있는데, 다음 유형으로 제목을 붙인 수필을 찾아서 읽어 보고 수필 제목과 작가를 열거하시오.

   1) 제재를 그대로 사용한 제목

   2) 주제를 요약한 제목

3) 주제를 풀이한 제목

4) 줄거리를 요약한 제목

5) 글의 쓰임을 내세운 제목

6) 연결어미 '-과', '-의'를 결합하여 붙인 제목

7) 각자 기호에 따라 감각적으로 붙인 제목

제11장 **수필 문장 바르게 쓰기**

　좋은 수필을 쓰기 위해서는 주제, 구성, 표현 등 갖추어야 할 조건이 많이 있는데, 가장 중요한 것은 문장력이다. 자신의 체험과 사색이 아무리 훌륭하더라도 문장에 관한 기초 지식이 없으면 수필의 문학성은 기대하기 어렵다. 문장에 쓰인 낱말 하나하나가 적절한 곳에 쓰여야 하고, 문자의 통사 구조와 의미 연결이 우리말 어법과 논리에 맞아야 한다. 원고지 15매 내외로 이루어지는 수필 한 편이, 바른 문장으로 깔끔하게 물 흐르듯 짜여질 때, 우리는 수필의 진수(眞髓)를 발견하게 된다. 표현되는 대상으로서 나와 표현하는 수필가로서 나는, 수필을 구성하는 두 가지 기본 요소이다. 표현되는 대상으로서 나의 모습이 진솔하고, 또 표현하는 수필가로서 나의 문장력이 우수하다면, 그 결합으로 이루어지는 수필은 더 없이 훌륭한 작품이 될 것이다.

　수필의 문장력을 높이기 위해서는 글을 많이 써 보아야 하고 글을 열심히 다듬어야 한다. 문인들은 작품 활동을 많이 하고 있지만, 평소에 글쓰기의 습관을 꾸준히 익힌다면 자기만의 독특한 문장력을 이루는 데 많은 도움이 될 것이다.

권영민(1997)은 글쓰기 습관으로 10가지를 제시하고 있다.

① 매일 일기를 쓴다.
② 책을 읽을 때마다 그 감상을 메모해 둔다.
③ 회의에서 발표할 자신의 견해를 미리 글로 써놓는다.
④ 여행을 하면서 견문을 기록해 둔다.
⑤ 좋은 아이디어가 떠오르면 즉시 수첩에 메모해 둔다.
⑥ 영화를 보거나 연극을 감상하고 난 뒤에 자기 느낌을 적어 둔다.
⑦ 어떤 일이 생겼을 때 전화를 이용하기보다는 편지를 쓴다.
⑧ 신문이나 잡지를 읽다가 가끔 맞춤법이 틀린 글자를 발견한다.
⑨ 자신이 해야 할 일을 미리 적어 놓는다.
⑩ 책을 읽다가 좋은 구절을 보면 따로 적어 둔다.

수필에서 문장력을 높이는 것은, 수필의 문장을 '어법에 맞는 정확한 문장'으로 끌어 올린다는 것을 의미한다. 수필 한 편을 써놓고 나중에 읽어보면, 잘못된 곳을 많이 발견한다. 글을 쓰고 난 뒤에는 반드시 글을 손질해야 하는데, 이러한 퇴고 과정은 자기가 쓴 글의 문제점을 찾아내서 반성하고 고치는 작업이기 때문에, 문장력을 높이는 데 매우 중요하다. 문인협회에서 발간한 동인지를 중심으로, 어법에 맞지 않는 낱말, 구절, 문장을 살펴보면서 수필 문장 바르게 쓰기의 기준을 제시해 보고자 한다.

1) 단어의 의미가 중복되는 것은 피해야 한다

우리말에는 동의 관계에 있는 단어들이 많기 때문에 같은 문장 안에서 의미가 중복되는 것은 피하는 것이 바람직하다.

① 갤러리 <u>빈 공간에는</u> 많은 작품이 걸려 있었다.

　　→ 갤러리 <u>공간에는</u> 많은 작품이 걸려 있었다.

② 어머니와 함께 보냈던 추억들이 내 <u>뇌리 속에</u> 꽉 차 있었다.

　　→ 어머니와 함께 보냈던 추억들이 내 <u>뇌리에</u> 꽉 차 있었다.

③ 작품을 <u>출품하러</u> 가는데, 그 곳에서 고등학교 동창을 만났다.

　　→ 작품을 <u>내러</u> 가는데, 그 곳에서 고등학교 동창을 만났다.

④ 나에게 관심이 많은 그에게 <u>가까이 접근하기</u> 시작했다.

　　→ 나에게 관심이 많은 그에게 <u>가까이 다가가기</u> 시작했다.

⑤ 운동장에 나가보니 <u>과반수를 넘는 사람들이</u> 일어나 항의를 했다.

　　→ 운동장에 나가보니 <u>과반수의 사람들이</u> 일어나 항의를 했다.

2) 조사의 다양한 기능을 알고 바르게 써야 한다

(1) 조사는 문장 속에서 단어의 자격을 표시하거나 관계를 나타내는 구실을 한다.

　조사는 그 쓰임에 따라 문장의 의미가 달라지기 때문에 바르게 써야 한다. '창 밖을 바라보니 <u>바람이</u> 불고 있었다.'는 바람을 원하는 심리적 상태이고, '창 밖을 바라보니 <u>바람도</u> 불고 있었다.'는 바람을 원하지 않는 심리적 상태이며, '창 밖을 바라보니 <u>바람까지</u> 불고 있었다.'는 바람으로 인해 한을 품은 상태를 의미한다. 이처럼 조사는 그 쓰임에 의미가 크게 달라진다는 것을 인식하고 조심해서 써야 한다.

(2) 조사 가운데 소유격 조사인 '-의'는 그 쓰임이 다양하다. 어법에 어긋난 것은 아니지만, 불필요하게 '-의'를 사용하는 것은 의미의 혼란을 불러일

으킬 수 있기 때문에 피하는 것이 좋다.

① 지하철 역에서 <u>한 잔의 커피를</u> 마시기 위해 둘러 보았다.
　　→ 지하철 역에서 <u>커피 한 잔을</u> 마시기 위해 둘러 보았다.
② 나는 <u>어머니의</u> 덕분에 지금까지 잘 살아 오지 않았는가.
　　→ 나는 <u>어머니 덕분에</u> 지금까지 잘 살아 오지 않았는가.
③ 그와 나는 <u>서로의 집을</u> 오가며 가까워졌다.
　　→ 그와 나는 <u>서로</u> 집을 오가며 가까워졌다.
⑤ <u>수필가로서의</u> 살아온 생애에 누가 되지 않도록 열심히 좋은 작품을 써
　야겠다.
　　→ <u>수필가로서</u> 살아온 생애에 누가 되지 않도록 열심히 좋은 작품을 써
　　　야겠다.
⑥ 그에게는 <u>맏이로서의</u> 위세가 있었다.
　　→ 그에게는 <u>맏이로서</u> 위세가 있었다.

(3) 조사가 필요 없는 데도 습관적으로 덧붙이는 경우가 있다.

① 옛날 농촌의 초가는 대부분의 나무 울타리였다.
　　→ 옛날 농촌의 초가는 <u>대부분</u> 나무 울타리였다.
② 어머니는 자식들을 데리고<u>는</u> 처음으로 고향을 찾으신 것이다.
　　→ 어머니는 자식들을 <u>데리고</u> 처음으로 고향을 찾으신 것이다.
③ <u>대부분의</u> 그들과 인연이 있는 것이기도 하였다.
　　→ <u>대부분</u> 그들과 인연이 있는 것이기도 하였다.

158

3) 접속부사를 바르게 써야 한다

접속부사는 문장과 문장을 연결시켜 주는 기능도 하고 문맥의 흐름을 더욱 분명하게 드러내어 주는 역할도 한다. 그러나 너무 많이 사용하면 자연스러운 흐름을 막을 수 있다. 접속부사는 반드시 필요한 경우에만 사용하는 것이 좋다.

① 순접 : 조건, 이유에 대한 결과 / 그러니, 그래서, 그러므로…
② 역접 : 반대, 대립되는 내용 / 그러나, 그렇더라도, 그렇지만…
③ 첨가, 보충 : 덧붙여 강조하거나 설명 / 그리고, 더구나, 뿐만 아니라…
④ 전환 : 다른 내용 도입 / 그런데, 그건 그렇다 하고…
⑤ 요약 : 대등한 자격 / 즉, 요컨대, 다시 말하면…

(1) 접속부사를 줄여서 쓸 때, 제대로 써야 할 것이며 같은 접속부사를 중복하여 쓰는 것은 피해야 한다.

① <u>헌데</u> 그 향기는 어느 난에 뒤지지 않는다. / <u>허나</u> 올해는 셋씩이나 겹쳐 있다. / <u>허지만</u> 그 기쁨으로 멈춰서야 → 한데, / 하나, / 하지만,
② <u>한데</u>, 둥지와 새끼를 암컷에 맡기고 / <u>한데</u> 몇 발작도 못가 / <u>한데</u> 어머니는 이제사

4) 문장 성분 사이의 호응이 이루어져야 한다

(1) 주어와 서술어의 호응이 이루어져야 한다.
하나의 문장이 성립되기 위한 가장 기본적인 조건은 바로 주어와 서술어

159

이다. 문장의 형성은 주어와 서술어의 긴밀한 연관에 의해 가능해지는 것이다. 따라서 서로 연결되는 주어와 서술어는 논리상으로도 반드시 어울리는 것이어야 한다.

① 나의 <u>얼굴은</u> 즐거움과 괴로움, 기대감과 허탈감이 어우러진 <u>감정이었다.</u>

→ 나의 <u>얼굴은</u> 즐거움과 괴로움, 기대감과 허탈감이 어우러진 <u>감정을 보여주고 있었다.</u>

② 그런데 <u>중요한 것은</u> 우리가 외국 문화에 너무 빠져서 우리 고유의 문화를 잃어버려서는 <u>안 된다.</u>

→ 그런데 <u>중요한 것은</u> 우리가 외국 문화에 너무 빠져서 우리 고유의 문화를 잃어버려서는 <u>안 된다는 것(점)이다.</u>

③ 다만 <u>확실한 것은</u> 그렇게 아름다운 천사군단이 기도해 준 덕분으로 퇴원할 수 있었다고 <u>믿고 있다.</u>

→ 다만 <u>확실한 것은</u> 그렇게 아름다운 천사군단이 기도해 준 덕분으로 퇴원할 수 <u>있었다는 것(점)이다.</u>

④ <u>자고 새면 도시를 건설하고, 과학이 무한경쟁으로 우주를 정복한다고 한들</u> 버려진 우리의 아이들과 부모들이 은신할 사랑의 오두막 한 채를 짓는 <u>것보다</u> 더 나은 <u>발전인가를</u> 생각해야 할 시점이다.

→ 자고 새면 도시를 건설하고, 과학이 무한경쟁으로 <u>우주를 정복하는 것이</u> 버려진 우리의 아이들과 부모들이 은신할 사랑의 오두막 한 채를 짓는 것보다 더 나은 <u>발전인가를</u> 생각해야 할 시점이다.

⑤ 이 계절에 <u>친구가 있다는 것은</u> 새댁의 이불처럼 따스하고 <u>포근한 느낌이다.</u>

→ 이 계절에 <u>친구가 있다는 것은</u> 새댁의 이불처럼 따스하고 <u>포근하다.</u>

⑥ <u>남편은</u> 그게 어디 인간이겠느냐고 거듭 <u>감탄이다.</u>

→남편은 그게 어디 인간이겠느냐고 거듭 감탄한다.

(2) 목적어와 서술어의 호응이 이루어져야 한다.

문장의 형성에서 주어와 서술어의 호응이 중요하듯이 목적어와 서술어의 호응도 매우 중요하다. 더욱이 목적어를 드러나게 써야 할 곳과 드러내지 않고 써야 할 곳을 구분해서 쓴다면 어색하지 않고 매우 자연스러운 문장을 만들 수 있다.

① 어젯밤 큰딸이 예쁜 공주를 탄생하였다.

　→어젯밤 큰딸이 예쁜 공주를 낳았다.

② 나는 영화가 보고 싶다.

　→나는 영화를 보고 싶다.

③ 우리는 굳은 신념을 유지를 해야 한다.

　→우리는 굳은 신념을 유지해야 한다.

(3) 부사어와 서술어의 호응이 이루어져야 한다.

우리말의 부사어 중에는 특정한 표현 형태의 서술어에만 호응하는 것들이 있다. 예를 들면 '왜냐하면~때문이다', '모름지기~해야 한다', '결코~않다', '설령~할지라도', '별로~아니다' 등이 있는데, 이런 부사어는 특정한 서술어와 호응을 이루도록 해야 한다.

① 왜냐하면 우리가 그 사실을 알지 못했다.

　→왜냐하면 우리가 그 사실을 알지 못했기 때문이다.

② 우리 가게는 식품을 일절 취급한다.

　→우리 가게는 식품을 일절 취급하지 않는다.

③ 젊은이는 <u>모름지기</u> 진취적일 수밖에 없다.
  → 젊은이는 <u>모름지기</u> 진취<u>적이어야 한다</u>.

5) 주어와 서술어를 가까이 놓아야 한다

주어와 서술어가 멀리 떨어져 있으면 호응관계를 파악하기가 힘들다. 주어가 서술어가 가까이 있으면 독자가 글의 내용을 쉽게 파악할 수 있고, 매우 깔끔한 문장이 된다.

① <u>우리는</u> 장애자가 하루빨리 열등감에서 벗어나 희망찬 삶을 누릴 수 있도록 그들에게 용기를 <u>주어야 할 것이다</u>.
  → 장애자가 하루빨리 열등감에서 벗어나 희망찬 삶을 누릴 수 있도록 <u>우리는</u> 그들에게 용기를 <u>주어야 할 것이다</u>.

6) 수식어와 피수식어를 가까이 놓아야 한다

수식어와 피수식어 사이의 수식관계가 분명하지 않으면 문장의 의미가 모호해진다. 수식어와 피수식어가 가까이 있으면 의미가 분명해진다.

① <u>온통</u> 나라가 무질서로 <u>가득 차 있는 느낌이다</u>.
  → 나라가 <u>온통</u> 무질서로 <u>가득 차 있는 느낌이다</u>.
    나라가 무질서로 <u>온통</u> <u>가득 차 있는 느낌이다</u>.
② 나는 늙었지만 <u>열심히</u> 젊은 사람 못지않게 <u>봉사활동을 하였다</u>.
  → 나는 늙었지만 젊은 사람 못지않게 <u>열심히</u> <u>봉사 활동을 하였다</u>.

나는 늙었지만 젊은 사람 못지않게 봉사 활동을 <u>열심히</u> <u>하였다.</u>
③ <u>아주</u> 이것은 새 자동차다.

　　→이것은 <u>아주</u> 새 자동차다.

7) 두 개 이상의 수식어가 이어지면 긴 것을 앞에 둔다

① 나는 <u>선생님의</u> 봉사와 헌신이 사회를 부강하게 하는 원동력이라는 말씀에 감탄하게 되었다.

　　→나는, 봉사와 헌신이 사회를 부강하게 하는 원동력이라는 <u>선생님의</u> 말씀에 감탄하게 되었다.

8) 수식어와 피수식어의 한계가 분명해야 한다

① <u>아름다운</u> 소녀의 노래 (아름다운 소녀가 노래를 부른다. / 소녀가 아름다운 노래를 부른다.)

　　<u>아름다운</u>, 소녀의 노래 (소녀가 아름다운 노래를 부른다.)

② <u>내가 존경하는</u> 선배의 선생님 (나는 선배를 존경한다. / 나는 선배의 선생님을 존경한다.)

　　<u>내가 존경하는</u>, 선배의 선생님 (나는 선배의 선생님을 존경한다.)

9) 부적절한 명사형의 표현을 피해야 한다

① 남극의 한 펭귄은 상황에 따라 수컷도 밀크를 분비할 수 <u>있음이</u> 알려져

있다고 한다.

→ 남극의 한 펭귄은 상황에 따라 수컷도 밀크를 분비할 수 <u>있다고 한</u>
<u>다</u>.

② 김선생님이 우리를 <u>가르침은</u> 우리에게는 좋은 추억이었다.

→ 김선생님이 우리를 <u>가르쳐 주신 것은</u> 우리에게는 좋은 추억이었다.

③ 수많은 역경을 <u>극복함으로써</u> 그는 오늘의 자리에 이르렀다.

→ 수많은 역경을 <u>극복하면서</u> 그는 오늘의 자리에 이르렀다.

④ 시간이 <u>흐름에 따라</u> 따스한 햇볕은 돌같이 굳게 얼었던 땅을 서서히 녹
이고 있다.

→ 시간이 <u>흐르면서</u> 따스한 햇볕은 돌같이 굳게 얼었던 땅을 서서히 녹
이고 있다.

⑤ 모시로 조각보를 <u>지음으로써</u>, 자칫 낭비하기 쉬운 시간들을 조각보에
주워 담는다.

→ 모시로 조각보를 <u>지어</u> 자칫 낭비하기 쉬운 시간들을 주워 담는다.

⑥ 외할아버지의 가르침으로 효력을 보고 <u>있음</u>이다.

→ 외할아버지의 가르침으로 효력을 <u>보았다</u>.

⑦ 내 집착이 이승을 너머 저승까지 이어지고 <u>있음</u>일 것이다.

→ 내 집착이 이승을 너머 저승까지 이어지고 <u>있다</u>.

10) 복수접미사를 함부로 쓰지 말아야 한다

국어에서는 복수접미사를 붙이지 않아도 문맥을 통해 복수임이 드러날 수
있는 경우에는 복수접미사를 생략할 수 있는 특성이 있다.

① 우리 집에 많은 친구들이 왔다.

→우리 집에 많은 친구가 왔다.

② 그 꽃나무들은 어디로들 갔을까.

→그 꽃나무들은 어디로 갔을까.

③ 고부간 갈등까지 겹쳐 어린 우리들까지도 속을 태웠다.

→고부간 갈등까지 겹쳐 어린 우리까지도 속을 태웠다.

④ 모두들 한 가지 표정만 짓고 있었다.

→모두 한 가지 표정만 짓고 있었다.

11) 피동형 문장을 피해야 한다

남의 행동을 입어서 행하여지는 동작을 나타내는 동사를 피동사라 하고, 피동사의 형태를 피동형이라 한다. 우리말이나 글에서 가장 두드러지게 나타나는 현상이 피동형 문장이다. 이는 영어나 일본어의 번역에서 생겨난 문장이다.

① 지금 이 순간은 위급한 상황으로 보여진다.

→ 지금 이 순간은 위급한 상황으로 보인다.

② 나는 그 비밀을 캐내고 싶어졌다.

→ 나는 그 비밀을 캐내고 싶었다.

③ 열차가 도착되고 있다.

→ 열차가 도착하고 있다.

④ 그는 당황된 표정으로 감추었다.

→ 그는 당황한 표정으로 감추었다.

⑤ 지금의 이 상황이 내 생활과 결부되어지는 것이 신기하기만 했다.

→ 지금의 이 상황이 내 생활과 결부되는 것이 신기하기만 했다.

12) '–것이다'의 사용에 유의하여야 한다

'–것이다'라는 표현은 많은 글에서 자주 볼 수 있는 표현이다. 그러나 이 표현을 습관적으로, 상투적으로 쓰는 것은 문제가 있다.

내가 즐겨 사용하는 일탈의 수단은 이른바 여행이다. 그렇다고 멀리 떠난다거나 장기간에 걸친 여행을 <u>하는 것이</u> 아니라 틈나는 대로 가까운 거리에 있는 산이나 강, 혹은 바다를 찾는다. 흔히 여행이라고 하면 지금 살고 있는 곳으로부터 될 수 있는 한 먼 곳으로 가서 뭔가 <u>특별한 것을</u> 해야만 하는 <u>것이라고</u> 생각하기 쉽지만 <u>중요한 것은</u> <u>그런 것이</u> 아니다. 그런 조건들보다는 어떤 마음가짐으로 떠나는가 <u>하는 것이</u> 그 여행의 성패를 좌우한다고 할 수 있다.

위의 글은 '–것이다'를 자주 쓰고 있다. 필요한 곳에 적절하게 사용하기도 했지만, 한 문장에 네 번이나 사용한 것은 습관적으로 사용했다고 볼 수 있다. 우리가 사용하는 낱말 가운데 자기도 모르는 사이에 자주 활용하는 낱말이 많이 있는데, 그 가운데 하나가 '–것이다'이다. 아무리 가치가 있고 적절한 낱말이라 할지라도, 한 낱말을 여러 번 활용하는 것은 피해야 한다.

박동규(2000)는 '–것이다'를 다음과 같은 경우에 써야 한다고 강조한다.

① 앞에서 한 말을 다시 부연해서 설명할 때 쓴다.

'<u>전통은 재창조되어야 한다.</u> 전해 내려오는 그대로의 모습이 아니라 오늘날의 현실에 적합한 모습으로 <u>바뀌어야 하는 것이다.</u>'

② 주어와 서술어의 호응을 지키기 위해 쓴다.

'<u>중요한 것은</u> 그것이 바로 우리의 <u>현실이라는 것이다.</u>'

③ 문장에 힘을 주고 의미를 강조하려고 할 때 쓴다.

'인내와 노력만이 영광된 내일을 가져올 수 <u>있는 것이다</u>.'
④ 어떤 이야기를 전달하는 입장에 섰을 때 쓴다.
'증거가 있는데도 그는 한사코 자기가 한 짓이 <u>아니라는 것이었다</u>.'

13) 완전하지 못한 문장은 꼭 필요할 때만 써야 한다

가능하면 완결된 문장을 쓰는 것이 좋다. 명사 다음에 온점(.)을 찍어서 문장을 마무리하는 것은 특수한 효과를 노리고 수사학적으로 기교를 부린 것이다. 문장에 힘을 실어주고 독자에게는 강한 인상을 남기고 있는데, 꼭 필요할 때 사용하는 것이 좋다.

한강의 외로운 섬. / …부식된 괘종시계 추는 움직이지 않는 것. / …외출하던 시절 사들였던 미싱. / 그러나 역부족. / …안경을 쓰고 삯바느질하던 시절. / 서울역 대합실은 인산인해. / …돌진하는 학생. / …충돌하는 현장.

14) 지나친 사동형 문장은 피해야 한다

문장의 주체가 자기 스스로 행하지 않고 남에게 그 행동이나 동작을 하게 함을 나타내는 동사를 사동사라 하고, 사동사의 형태를 사동형이라 한다. 지나친 사동형은 사동형을 쓸 필요가 없는데 쓴다거나, 이중 사동을 쓰는 경우를 말한다. '-시키다'를 붙일 때에는 그 어휘가 자동사인지 타동사인지를 다시 한 번 확인하는 습관이 필요하다.

① 주렁주렁 매달려서 다소곳이 피어 있는 보세난에 눈길을 멈추게 되면

'아!'하며 <u>감탄을 하게 한다</u>. → <u>감탄을 한다</u>.

② 나는 <u>놀랬다</u>. → 나는 <u>놀랐다</u>.

의외의 곳에서 나를 보자 깜짝 <u>놀랬지만</u>

→ 의외의 곳에서 나를 보자 깜짝 <u>놀랐지만</u>

③ 우리의 이상을 <u>실현시키기 위해</u> 노력하여야 한다.

→ 우리의 이상을 <u>실현하기 위해</u> 노력하여야 한다.

15) 문장을 겹문장으로 길게 끌고 가는 것은 의미를 복잡하게 만든다

국어의 문장은 주어와 서술어의 관계, 즉 주술 관계가 몇 번이나 나타나는가에 따라 크게 홑문장과 겹문장으로 나눌 수 있다. 홑문장은 주술 관계가 한 번만 나타나는 문장을 말하고, 겹문장은 주술 관계가 두 번 이상 반복되는 문장을 말한다. 수필에서는 홑문장과 겹문장을 함께 쓸 수밖에는 없는데 겹문장을 쓸 때에 너무 길게 끌고 가지 않도록 조심해야 한다.

① 어떤 부인은 남편과 외국여행 갔을 때, 또 어떤 이는 보석이나 모피를 선물 받았을 <u>때라고 말하는</u>, 정말 화려하고 여자로서 모두 부러워할 그런 대답들이었다.

→ 어떤 부인은 남편과 외국여행 갔을 때, 또 어떤 이는 보석이나 모피를 선물 받았을 <u>때라고 하였다</u>. 정말 화려하고 여자로서 모두 부러워할 그런 대답들이었다.

② 어차피 가을로 접어들은 우리의 행로를 인정하는, <u>아직은 이라는 미명하에 여름의 막바지이기를 바라는 것이 집착일 뿐인 것을 수긍하는</u> 마음의 소리였다.

→ 어차피 가을로 접어들은 우리의 행로를 인정하는, <u>아직은 집착하며 여름의 막바지이기를 바라는</u> 마음의 소리였다.

16) 높임을 나타내는 어미 '-시-'의 중복을 피해야 한다

수필에서 어떤 사람에 대해 언급할 때에 높임을 나타내는 표현을 자주 쓴다. 주로 존칭접미사 '님', 존칭 어미 '-시', 존칭 조사 '-께', 존칭 지시어 '그분' 등이 해당 되는데, 너무 과도하게 쓰면 도리어 그 분에게 폐를 끼치는 결과를 가져온다. 적절하게 조절해서 쓰는 습관이 필요하다.

① 배우<u>시</u>고 터득하<u>신</u> 체험의 응집
→ 배우고 터득하<u>신</u> 체험의 응집
② 자식 사랑은 다정하<u>시</u>면서도 엄하<u>시</u>다.
→ 자식 사랑은 다정하면서도 엄하<u>시</u>다.
③ 이순신 장군<u>께서는</u> 문무를 겸비한 인물<u>이셨다</u>.
→ 이순신 장군<u>은</u> 문무를 겸비한 인물<u>이셨다</u>.

17) 구어적 표현을 피해야 한다

대화할 때에 쓰는 구어체를 수필을 쓸 때 사용하는 경우가 자주 있다. 문어와 구어는 그 성격이 다르다. 수필은 문어체로 써야 하는데, 대화할 때에 쓰는 구어체를 써서 수필의 격을 떨어뜨리는 일은 없어야 하겠다.

① <u>그건</u> 우리에게 도움이 될 수 있을 <u>거라고</u> 생각한다.

→ <u>그것은</u> 우리에게 도움이 될 수 있을 <u>것이라고</u> 생각한다.

② 어제는 점심을 먹고 어머니<u>랑</u> 백화점<u>엘</u> 갔다.

→ 어제는 점심을 먹고 어머니<u>와</u> 백화점<u>에</u> 갔다.

③ 지금 우리 사회는 <u>뭐랄까</u> 안전불감증에 걸려 있다.

→ 지금 우리 사회는 안전불감증에 걸려 있다.

18) 표준말을 확실하게 알고 사용해야 한다

표준말이란 한 언어 사회에서 공식적으로 사용되는 언어이다. 자기만 두고 볼 사적인 글을 쓴다면 모르겠지만, 적어도 독자에게 읽기를 권하기 위해 쓴 작품이라면 표준말을 쓰는 것이 바람직하다. 사투리도 매우 귀중하고 보존해야 할 가치가 있는 것이지만, 이것은 희곡이나 드라마, 혹은 소설의 대화체에서 얼마든지 활용하여 진가를 발휘할 수 있다.

① 나의 바람막이가 되어 주시기만을 <u>바랬던</u> 나

→ 나의 바람막이가 되어 주시기만을 <u>바랐던</u> 나

② 외국 여행을 하고 싶어 하는 나의 <u>바램</u>이

→ 외국 여행을 하고 싶어 하는 나의 <u>바람</u>이

③ <u>몇 일</u> 후면, 내가 그렇게 바라던 꿈이 이루어진다.

→ <u>며칠</u> 후면, 내가 그렇게 바라던 꿈이 이루어진다.

④ <u>안절부절하는</u> 모습이 매우 안쓰러웠다.

→ <u>안절부절못하는</u> 모습이 매우 안쓰러웠다.

⑤ <u>개발새발</u> 쓴 동생의 글자가 내 눈에 들어왔다.

→ <u>괴발개발</u> 쓴 동생의 글자가 내 눈에 들어왔다.

19) '사잇 소리 ㅅ'의 쓰임을 정확하게 알고 사용해야 한다

수필 작품을 읽어내려 갈 때에 맞춤법이 틀리는 경우가 있는데 주로 '사잇 소리 ㅅ'이 틀리는 경우가 많다. 한글맞춤법 30항에 보면, 두 음절이 이어질 때에 뒤에 오는 첫 음절이 된소리가 나거나, 아무런 이유 없이 'ㄴ'이 하나 덧나거나, 'ㄴㄴ'으로 두 개 덧날 때에 사이시옷(ㅅ)을 받친다. 다만 '한자+한자'일 때는 예외 낱말을 제외하고는 붙이지 않는다.

① 동생은 <u>하교길</u>에 다리를 다쳤다.
　→동생은 <u>하굣길</u>에 다리를 다쳤다.
② <u>시곗소리</u>가 들려 밤새 잠을 자지 못했다.
　→<u>시계 소리</u>가 들려 밤새 잠을 자지 못했다.
③ 나와 형은 <u>소줏잔</u>을 기울이기 시작했다.
　→나와 형은 <u>소주잔</u>을 기울이기 시작했다.
④ 그 사건에 대한 <u>촛점</u>이 흐려져 문제의 심각성을 드러냈다.
　→그 사건에 대한 <u>초점</u>이 흐려져 문제의 심각성을 드러냈다.
⑤ 파란 들판에는 <u>숫소</u>가 풀을 뜯어 먹고 있다.
　→ 파란 들판에는 <u>수소</u>가 풀을 뜯어 먹고 있다.

20) 외래어 표기법을 정확하게 알고 사용해야 한다

외래어는 외국에서 들어와 적당한 우리 말이 없기 때문에 이미 우리 국어로 인정 받고 있는 말이다. 그러나 외국어는 우리 말에도 적당한 말이 있기 때문이 우리 국어가 아니다. 외래어는 규정에도 있을 뿐만 아니라 국어사전에 보면 나와 있다. 사전에 올라 있지 않은 것은 외국어라고 봐야 한다.

① 한 노인이 캄캄한 밤에 <u>후랏쉬</u>를 비추고 서 있었다.

　→ 한 노인이 캄캄한 밤에 <u>플래시</u>를 비추고 서 있었다.

② <u>리어커</u>에 폐휴지를 주워 담던 노인이 소리를 질렀다.

　→ <u>리어카</u>에 폐휴지를 주워 담던 노인이 소리를 질렀다.

③ 그녀는 오늘도 빨간 <u>버버리 코트</u>를 입고 걸어간다.

　→ 그녀는 오늘도 빨간 <u>바바리 코트</u>를 입고 걸어간다.

④ <u>부페</u>에서 음식을 먹으면 많이 먹게 된다.

　→ <u>뷔페</u>에서 음식을 먹으면 많이 먹게 된다.

　　지금까지 작품에 나타난 오용 표현을 낱말, 구절, 문장을 중심으로 살펴보았는데, 20가지 유형으로 분류하였다. 주어와 서술어가 어울리지 않는 문장, 부적절한 명사형의 표현, 조사 '-의'의 과다 사용, 복수접미사의 남용, 피동형 문장, 수식어와 피수식의 불명확한 관계 등이 가장 많이 나타나고 있다. 앞으로 작품을 완성한 다음에, 위에 나타난 기준으로 퇴고 과정을 철저히 한다면, 문장력을 높이는 데 많은 도움이 되리라고 생각한다.

　　수필 창작은 문장이 생명이다. 한 개의 낱말을 선택할 때에 신중을 기해야할 것이며, 한 개의 문장을 만들 때에도 앞 뒤 관계를 따져서 고심해야 할 것이다. <한글맞춤법>과 <국어사전>을 펴보고 항상 확인하면서 글을 쓰는 습관을 갖는다면, 문장력은 눈에 띄게 달라질 것이다.

학과		학번		이름	

* 수필 작품을 읽어 보고 다음 예에 해당하는 수필 문장을 찾아 바르게 적어보시오.

1) 단어의 의미가 중복되는 문장

2) 조사를 잘못 활용한 문장

3) 접속부사를 잘못 활용한 문장

4) 문장 성분 사이에 호응이 이루어지지 않은 문장

5) 수식어와 피수식어를 잘못 활용한 문장

6) 복수접미사를 잘못 활용한 문장

7) 사동형, 피동형을 잘못 활용한 문장

8) '-것이다'를 잘못 활용한 문장

9) 표준말을 잘못 활용한 문장

10) 높임을 잘못 표현한 문장

11) 구어적 표현을 활용한 문장

12) 외래어표기법에 어긋나게 표현한 문장

수필 작품 감상

명아주 한 포기

안 수 길

우리 집은 북향이다. 북향이라고 하는 것은 마당이 집채의 북편에 위치해 있고, 따라서 대문이 북으로 나 있기 때문이다.

집은 남향이어야 한다고들 말한다. 깊은 뜻은 모른다. 그저 양지 바른 남향이면 방안에의 채광이 좋아 위생적이고 명랑할 수 있는 탓일 거라고 짐작하고 있다.

그러나 북향이라고 해서 반드시 비위생적이요, 침울한 것은 아니다. 북의 정반대 방향인 남쪽에 창을 내되, 채광을 충분히 고려해서 조작한다면 방이 음침하거나 어두울 것이 하나도 없는 것이다. 오히려 겨울이면 남창을 향해 창밑 벽에 붙여 놓은 책상에 마주 앉았노라면, 유리를 통해 쏘아 드는 햇빛의 포근포근, 따스한 맛이 구공탄으로 적당히 덥혀져 있는 장판 바닥의 난기와 어울려 마음을 가라앉혀 주면서 가난한 살림 속에서도,

"남으로 창을 내겠소."

하는 경지가 바로 이것이 아닌가 싶어지기도 하는 것이다.

여름이면 항상 그늘이 지게 마련인 북향 마루에 앉아 부채를 부치면서 마당의 화초를 보는 것도 북향집의 덕이라면 억지로 그럴 수도 있을 것이다.

그러나 나는 여기서 초라한 내 집의 방위에 대해서 왈가왈부하려는 게 아니다.

남창에서 내다보이는 뒷집 축대에 저절로 나 있는 한 포기의 명아주의 이

야기를 쓰자는 것이다.

뒷집과의 경계선은 옥신각신 끝에, 내 남창이 있는 우리 집 뒷벽과 1미터 남짓밖에 떨어지지 않은 곳에 긋기로 낙착을 지어버리고 말았다.

그 경계선에서 15도 각도쯤으로 두어 미터 경사진 언덕 위에 뒷집 마당이 있었던 것이다.

경계선의 옥신각신이 좋게 낙착이 되자 뒷집에서는 경계선에서 직각으로 축대를 쌓기 시작했다. 두어 미터 높이였다.

이사 와서 이내 뒷담을 쌓을 경제력이 없어 차일피일 미루어 왔던 참이다. (사실은 경계선 문제도 담장을 이내 쌓지 않은 까닭에 생긴 것이었지마는 …….) 뒷집에서 축대를 쌓는 것을 못내 고맙게 생각지 않을 수 없었다. 두어 미터 높이였으므로 내 남창으로 쏘아 드는 햇볕엔 아무 지장이 없었다.

그러나 축대가 쌓아진 뒤 뒷집에서는 축대와 마당과의 사이의 공간을 메우기 시작했다. 그럴 수 있을 것이라고 생각했다.

그러나 어느 아침이었다. 일어나 커튼을 열어 젖혔더니 앞이 탁 막히고 말았다. 축대 위에 가득히 블록 벽이 우뚝 쌓아져 올라갔고, 지붕엔 기와까지 인 방 한 채의 형체를 갖추고 있었기 때문이다.

당국의 눈을 피해 하룻밤 사이에 얼른 쌓아 올린 모양이었다.

코 앞, 1미터 앞에 높이 쌓여져 있는 축대와 블록 벽, 감옥 담장을 보는 듯한 기분이었다. 그뿐이 아니었다. 축대뿐일 때에도 2미터 높이는 장마철에 위험하지 않을 수 없는 일이다. 그런 축대 위에 정토도 철저히 됐다고 볼 수 없는 땅에 걸쳐 기와를 올린 블록 방을 만들어 놓은 것이다.

와르르……, 당장 집과 함께 축대가 무너져 내 방과 옆 아이들의 방이 기와와 블록과 돌에 파묻힐 것 같은 강박관념에 사로잡히고 말았다.

"여보, 뒷집 주인, 이게 뭐요?"

"헤헤, 방 한 칸 들여 세 놓으려구요."

"세놓는 건 좋지마는 위험하다고 생각지 않소?"

"위험이 있습니까?"

"이리 와 보시오. 이게 위험치 않다는 말이오? 축대며, 벽이며, 무거운 기와 하며……."

"천만엡니다. 축대는 기술자가 쌓았기 때문에 끄덕없을 게고 블록도 마찬가지고……. 아무 걱정 마십시오. 책임을 지겠습니다."

"책임?"

"예, 책임을 지겠습니다."

"무너져서 천당 간 다음에 책임이 무슨 소용이 있다는 말이오."

"아하, 그렇지 않다니까요. 공연한 걱정은 아예 하지 마시오."

마침내는 내 땅에 내가 방을 들이건 콩을 심건 무슨 참견이냐고 나오기 마련이었다.

(사고가 나기 전에 집을 옮겨야겠군.)

이렇게 생각하면서 그날은 그대로 넘겼으나, 그 후 남창으로 종일 쏘아 들던 햇볕이 정오 무렵까지만 찾아 들고는 오후는 뒷집 방에 가려 빛을 볼 수 없게 됐다.

감옥 담장 같은 벽과 빼앗긴 햇빛. 축대와 벽이 눈에 들어올 때마다 울화와 더불어 노이로제에 쫓기고 있던 지난봄이었다.

그 밉살스러운 축대와 벽과 연결되는 위치에서 풀 한 포기가 솟아나고 있는 것이 창밖으로 보였다. 하찮은 풀이었다. 더구나 돌 틈에서 나는 풀, 대단찮게 생각했다.

더구나 앞마당에는 파초가 적당한 자리에서 의젓한 모습을 보여주고 있고, 화단의 몇 종류 장미가 서로 아름다움을 겨루기 시작하고 있었다. 등 선반엔 잎을 피우면서 뻗어나가는 줄기, 장독대의 어린 오동나무엔 연잎 같은 잎이 하나 둘 생기고 있었다.

이런 마당의 화초에 비기면 아무 것도 아닌 풀이기에 축대를 내다보는 기회와 시간이 많은 나는 물론, 집안 식구 하나 관심조차 가지지 않았다. 풀 한 대가 나는갑다 쯤으로……

그랬으나 이 풀은 주인이나 식구들의 무관심 속에서 점점 자라가면서 날로 줄기가 굵어지고 가지를 뻗고 잎이 무성해졌다. 여름에 접어들어선 자라는 기세가 무척 맹렬해 줄기와 가지가 더욱 굵어지고 뻗어나가, 마침내는 내가 책상에 붙어 앉아 볼 수 있는 축대 부분 면적의 3분의 2나 덮어버리고 있었다.

그것도 거꾸로 매달려 허공에서 너풀너풀 춤을 추면서…… 공작이 깃을 쫙 펼쳐 놓은 것 같다고 할까?

"아, 저게 무슨 풀이야?"

어느 날 나는 무심코 축대를 내다보다가 탄성을 지르지 않을 수 없었다. 그 꼿꼿한 대, 그 무성한 가지들, 그 싱싱한 잎새들, 그것보다도 한 포기의 풀이 어쩌면 그렇게 가지를 많이 치고 그 가지가 또 너풀너풀 우아하게 춤을 출수 있을까? 더구나 돌 틈에서 나온 풀이 저처럼 생활력이 강할 수 있을까?

"아이유. 저게 능장이 아니우?"

나의 탄성에 뛰어들어온 아내가 그제야 축대의 풀을 보고 역시 탄성이었다.

"능장이? 옳지, 표준어로는 명아주. 명아주가 저렇게?"

명아주라면 어렸을 때 시골에서의 기억으로는 잎을 삶아 무쳐서 먹는 것으로 남아 있을 뿐, 너무도 흔한 풀이어서 이렇게 아름답거나 아취 있는 것으로는 머릿속에 새겨져 있지 않은 것이었다. 풀 중에서도 천하디 천한 풀에 지나지 않았다. 그렇겠는 것이 꽃이 있으나 결코 아름다운 것이 못 되고, 열매도 대단한 것이 아니기 때문이었다.

그런 명아주가 이렇게 감명을 주는 것이었다.

그 후 마당의 이름 있는 화초 못지않게 축대에 매달린 명아주를 사랑하게 됐다. 명아주는 여름에서 가을에 접어들면서 가지를 더 뻗고 더욱 무성해지고 있었다. 커튼을 활짝 제쳐 놓으면 남창 하나 가득히 명아주 가지가 펼쳐지고 있었다. 창을 열면 흔들흔들 춤추는 가지를 어루만질 수도 있었다.

"저거 좋지요?"

손님이 오면 유리창 밖의 명아주를 가리켰다.

"저게 무슨 화춥니까?"

"유명한 것입니다."

나는 그저 웃기만 했다.

가을이 되었다. 그렇게 무성하고 생활력이 강했던 명아주도 한 잎, 두 잎, 낙엽이 지기 시작했다.

가을이 깊어감에 따라 줄기와 가지만 거꾸로 매달린 채 잎은 보이지 않게 됐다.

'내년에 또 그 자리에 나 주었으면…… 봄부터 사랑하리라.'

한창 무성했을 때를 생각하고 아쉬워하던 어느 날이었다.

"아버지 눈이 와요."

학교가 일찍 시작인 막내 놈의 즐거운 목소리였다. 자리에서 일어나 커튼을 열어 열어젖혔다. 눈에 띈 것은, 명아주 마른 줄기와 가지가 탐스러운 눈을 받아 만신 흰 꽃을 피우고 있는 것이었다. 그것은 제철에 가지를 펄럭거리던 것에 못지않은 아름다운 광경이었다.

학과		학번	.	이름	

* 수필 작품을 분석하고, 다음 내용에 대하여 설명하시오.

1) 제재

2) 주제(독자에게 주는 메시지)

3) 구성 방법 및 내용

4) 문장 표현의 특징

5) 수필을 쓸 때 활용할 만한 문장

6) 수필의 전체적인 평(총평)

무소유

법 정

"나는 가난한 탁발승(托鉢僧)이오. 내가 가진 거라고는 물레와 교도소에서 쓰던 밥그릇과 염소젖 한 깡통, 허름한 요포(腰布) 여섯 장, 수건 그리고 대단치도 않은 평판(評判) 이것뿐이오."

마하트마 간디가 1931년 9월 런던에서 열린 제2차 원탁회의(圓卓會議)에 참석하기 위해 가던 도중 마르세이유 세관원에게 소지품을 펼쳐 보이면서 한 말이다. K. 크리팔라니가 엮은 [간디 어록(語錄)]을 읽다가 이 구절을 보고 나는 몹시 부끄러웠다. 내가 가진 것이 너무 많다고 생각되었기 때문이다. 적어도 지금의 내분수로는.

사실, 이 세상에 처음 태어날 때 나는 아무것도 갖고 오지 않았었다. 살 만큼 살다가 이 지상의 적(籍)에서 사라져 갈 때에도 빈손으로 갈 것이다. 그런데 살다 보니 이것저것 내 몫이 생기게 된 것이다. 물론 일상에 소용되는 물건들이라고 할 수도 있다. 그러나 없어서는 안될 정도로 꼭 요긴한 것들 만일까? 살펴볼수록 없어도 좋을 만한 것들이 적지 않다.

우리들이 필요에 의해서 물건을 갖게 되지만, 때로는 그 물건 때문에 적잖이 마음이 쓰이게 된다. 그러니까 무엇인가를 갖는다는 것은 다른 한편 무엇인가에 얽매인다는 것이다. 필요에 따라 가졌던 것이 도리어 우리를 부자유하게 얽어맨다고 할 때 주객이 전도되어 우리는 가짐을 당하게 된다는 말이다. 그러므로 많이 갖고 있다는 것은 흔히 자랑거리로 되어 있지만, 그만큼 많이 얽히어 있다는 측면도 동시에 지니고 있는 것이다.

　나는 지난 해 여름까지 난초(蘭草) 두 분(盆)을 정성스레, 정말 정성을 다해 길렀었다. 3년 전 거처를 지금의 다래헌(茶來軒)으로 옮겨왔을 때 어떤 스님이 우리 방으로 보내준 것이다. 혼자 사는 거처라 살아 있는 생물이라고는 나하고 그애들 뿐이었다. 그애들을 위해 관계서적을 구해다 읽었고, 그 애들의 건강을 위해 하이포넥슨가 하는 비료를 바다 건너가는 친지들에게 부탁하여 구해오기도 했었다. 여름철이면 서늘한 그늘을 찾아 자리를 옮겨주어야 했고, 겨울에는 필요 이상으로 실내 온도를 높이곤 했다.

　이런 정성을 일찍이 부모에게 바쳤더라면 아마 효자 소리를 듣고도 남았을 것이다. 이렇듯 애지중지 가꾼 보람으로 이른 봄이면 은은한 향기와 함께 연둣빛 꽃을 피워 나를 설레게 했고, 잎은 초승달처럼 항시 청정했었다. 우리 다래헌을 찾아 온 사람마다 싱싱한 난(蘭)을 보고 한결같이 좋아라 했다.

　지난 해 여름 장마가 갠 어느 날 봉선사로 운허노사(耘虛老師)를 뵈러 간 일이 있었다. 한낮이 되자 장마에 갇혔던 햇볕이 눈부시게 쏟아져 내리고 앞 개울물 소리에 어울려 숲속에서는 매미들이 있는 대로 목청을 돋구었다.

　아차! 이 때에야 문득 생각이 난 것이다. 난초를 뜰에 내놓은 채 온 것이다. 모처럼 보인 찬란한 햇볕이 돌연 원망스러워졌다. 뜨거운 햇볕에 늘어져 있을 난초잎이 눈에 어른거려 더 지체할 수가 없었다. 허둥지둥 그 길로 돌아왔다. 아니나 다를까, 잎은 축 늘어져 있었다. 안타까워 하며 샘물을 길어다 축여주고 했더니 겨우 고개를 들었다. 하지만 어딘지 생생한 기운이 빠져버린 것 같았다.

　나는 이 때 온몸으로 그리고 마음속으로 절절히 느끼게 되었다. 집착(執着)이 괴로움인 것을. 그렇다, 나는 난초에게 너무 집념해버린 것이다. 이 집착에서 벗어나야겠다고 결심했다. 난을 가꾸면서는 산철(僧家의 旅行記)에도 나그네 길을 떠나지 못한 채 꼼짝 못 하고 말았다. 밖에 볼일이 있어 잠시 방을 비울 때면 환기가 되도록 들창문을 조금 열어놓아야 했고, 분(盆)을 내놓은 채 나가다가 뒤미처 생각하고는 되돌아와 들여놓고 나간 적도 한두 번이 아니었다. 그것은 정말 지독한 집착이었다.

며칠 후 난초처럼 말이 없는 친구가 놀러왔기에 선뜻 그의 품에 분을 안겨주었다. 비로소 나는 얽매임에서 벗어난 것이다. 날듯 홀가분한 해방감, 3년 가까이 함께 지낸 '유정(有情)'을 떠나보냈는데도 서운하고 허전함보다 홀가분한 마음이 앞섰다. 이때부터 나는 하루 한 가지씩 버려야겠다고 스스로 다짐을 했다. 난을 통해 무소유(無所有)의 의미 같은 걸 터득하게 됐다고나 할까.

인간의 역사는 어떻게 보면 소유사(所有史)처럼 느껴진다. 보다 많은 자기네 몫을 위해 끊임없이 싸우고 있는 것 같다. 소유욕(所有欲)에는 한정도 없고 휴일도 없다. 그저 하나라도 더 많이 갖고자 하는 일념으로 출렁거리고 있는 것이다. 물건만으로는 성에 차질 않아 사람까지 소유하려 든다. 그 사람이 제뜻대로 되지 않을 경우는 끔찍한 비극도 불사(不辭)하면서, 제 정신도 갖지 못한 처지에 남을 가지려 하는 것이다.

소유욕은 이해(利害)와 정비례한다. 그것은 개인뿐 아니라 국가간의 관계도 마찬가지. 어제의 맹방(盟邦)들이 오늘에는 맞서게 되는가 하면, 서로 으르렁대던 나라끼리 친선사절을 교환하는 사례를 우리는 얼마든지 보고 있다. 그것은 오로지 소유에 바탕을 둔 이해관계 때문인 것이다. 만약 인간의 역사가 소유사에서 무소유사로 그 향을 바꾼다면 어떻게 될까. 아마 싸우는 일은 거의 없을 것이다. 주지 못해 싸운다는 말은 듣지 못했다.

간디는 또 이런 말도 하고 있다. "내게는 소유가 범죄처럼 생각된다……" 그가 무엇인가를 갖는다면 같은 물건을 갖고자 하는 사람들이 똑같이 가질 수 있을 때 한한다는 것. 그러나 그것은 거의 불가능한 일이므로 자기 소유에 대해서 범죄처럼 자책하지 않을 수 없다는 것이다. 우리들의 소유관념이 때로는 우리들의 눈을 멀게 한다. 그래서 자기의 분수까지도 돌볼 새 없이 들뜨게 되는 것이다. 그러나 우리는 언젠가 한 번은 빈손으로 돌아갈 것이다. 내 이 육신마저 버리고 홀홀히 떠나갈 것이다. 하고많은 물량일지라도 우리를 어떻게 하지 못할 것이다.

크게 버리는 사람만이 크게 얻을 수 있다는 말이 있다. 물건으로 인해 마음을 상하고 있는 사람들에게 한번쯤 생각해볼 말씀이다. 아무것도 갖지 않을 때 비로소 온 세상을 갖게 된다는 것은 무소유의 역리(逆理)이니까.

학과		학번		이름	

* 수필 작품을 분석하고, 다음 내용에 대하여 설명하시오.

  1) 제재

  2) 주제(독자에게 주는 메시지)

3) 구성 방법 및 내용

4) 문장 표현의 특징

5) 수필을 쓸 때 활용할 만한 문장

6) 수필의 전체적인 평(총평)

방망이 깎던 노인

윤 오 영

벌써 사십여 년 전이다. 내가 세간난 지 얼마 안 돼서 의정부에 내려가 살 때다. 서울왔다 가는 길에 청량리역으로 가기 위해 동대문에서 일단 전차(電車)를 내려야 했다.

동대문 맞은쪽 길 가에 앉아서 방망이를 깎아 파는 노인이 있었다. 방망이를 한 벌 사 가지고 가려고 깎아 달라고 부탁을 했다. 값을 굉장히 비싸게 부르는 것 같았다. 좀 싸게 해 줄 수 없느냐고 했더니,

"방망이 하나 가지고 값을 깎으려오? 비싸거든 다른 데 가 사우."

대단히 무뚝뚝한 노인이었다. 더 깎지도 못하고 깎아나 달라고만 부탁했다. 그는 잠자코 열심히 깎고 있었다. 처음에는 빨리 깎는 것 같더니, 저물도록 이리 돌려보고 저리 돌려보고 굼뜨기 시작하더니, 이내 마냥 늑장이다. 내가 보기에는 그만하면 다 됐는데, 자꾸만 더 깎고 있다. 인제 다 됐으니 그냥 달라고 해도 못 들은 체한다. 차시간이 바쁘니 빨리 달라고 해도 통 못 들은 체 대꾸가 없다. 점점 차 시간이 빠듯해 왔다. 갑갑하고 지루하고 인제는 초조할 지경이다. 더 깎지 아니해도 좋으니 그만 달라고 했더니, 화를 버럭 내며,

"끓을 만큼 끓어야 밥이 되지, 생쌀이 재촉한다고 밥이 되나?"

하면서 오히려 야단이다. 나도 기가 막혀서,

"살 사람이 좋다는데 무얼 더 깎는단 말이오? 노인장, 외고집이시구려. 차 시간이 없다니까."

199

노인은 "다른 데 가 사우. 난 안 팔겠소." 하는 퉁명스런 대답이다. 지금까지 기다리고 있다가 그냥 갈 수도 없고 차 시간은 어차피 늦은 것 같고 해서, 될 대로 되라고 체념(諦念)할 수밖에 없었다.

"그럼 마음대로 깎아 보시오."

"글쎄, 재촉을 하면 점점 거칠고 늦어진다니까. 물건이란 제대로 만들어야지, 깎다가 놓으면 되나?"

좀 누그러진 말투다. 이번에는 깎던 것을 숫제 무릎에다 놓고 태연스럽게 곰방대에 담배를 담아 피우고 있지 않은가? 나도 그만 지쳐 버려 구경꾼이 되고 말았다. 얼마 후에, 노인은 또 깎기 시작한다. 저러다가는 방망이는 다 깎여 없어질 것만 같았다. 또, 얼마 후에 방망이를 들고 이리저리 돌려보더니, 다 됐다고 내준다. 사실, 다 되기는 아까부터 다 돼 있던 방망이다.

차를 놓치고 다음 차로 가야 하는 나는 불쾌하기 짝이 없었다. 그 따위로 장사를 해 가지고 장사가 될 턱이 없다. 손님 본위(本位)가 아니고 자기 본위다. 불친절하고 무뚝뚝한 노인이다. 생각할수록 화가 났다.

그러다가 뒤를 돌아다보니, 노인은 태연히 허리를 펴고 동대문의 추녀를 바라보고 있다. 그 때, 어딘지 모르게 노인다워 보이는, 그 바라보고 있는 옆모습, 그리고 부드러운 눈매와 흰 수염에 내 마음은 약간 누그러졌다. 노인에 대한 멸시와 증오심도 조금은 덜해진 셈이다.

집에 와서 방망이를 내놨더니, 아내는 예쁘게 깎았다고 야단이다. 집에 있는 것보다 참 좋다는 것이다. 그러나 나는 전의 것이나 별로 다른 것 같지가 않았다. 그런데 아내의 설명을 들어보면, 배가 너무 부르면 다듬이질할 때 옷감이 잘 치이고, 같은 무게라도 힘이 들며, 배가 너무 안 부르면 다듬잇살이 펴지지 않고 손이 헤먹기가 쉽다는 것이고, 요렇게 꼭 알맞은 것은 좀처럼 만나기가 어렵다는 것이다. 나는 비로소 마음이 확 풀렸다. 그리고 그 노인에 대한 내 태도를 뉘우쳤다. 참으로 미안했다.

옛날부터 내려오는 죽기(竹器)는, 대쪽이 떨어지면 쪽을 대고 물수건으로 겉을 씻고 뜨거운 인두로 곧 다리면 다시 붙어서 좀처럼 떨어지지 않는다. 그러나 요사이 죽기는, 대쪽이 한번 떨어지기 시작하면 걷잡을 수가 없다. 예전에는 죽기에 대를 붙일 때, 질 좋은 부레를 잘 녹여서 흠뻑 칠한 뒤에 비로소 붙인다. 이것을 "소라 붙인다."고 한다.

약재만 해도 그렇다. 옛날에는 숙지황을 사면 보통의 것은 얼마, 그보다 나은 것은 얼마의 값으로 구별했고, 구증구포(九蒸九暴)한 것은 3배 이상 비쌌다. 구증구포란, 찌고 말리기를 아홉 번 한 것이다. 말을 믿고 사는 것이다. 신용이다. 지금은 그런 말조차 없다. 남이 보지도 않는데 아홉 번씩이나 찔 리도 없고, 또 말만 믿고 3배나 값을 더 줄 사람도 없다.

옛날 사람들은 흥정은 흥정이요 생계는 생계지만, 물건을 만드는 그 순간만은 오직 훌륭한 물건을 만든다는 그것에만 열중했다. 그리고 스스로 보람을 느꼈다. 그렇게 순수하게 심혈(心血)을 기울여 공예(工藝) 미술품을 만들어 냈다. 이 방망이도 그런 심정에서 만들었을 것이다. 나는 그 노인에 대해서 죄를 지은 것 같은 괴로움을 느꼈다. "그 따위로 무슨 장사를 해 먹는담." 하던 말은 "그런 노인이 나 같은 청년에게 멸시와 증오를 받는 세상에서 어떻게 아름다운 물건이 탄생할 수 있담." 하는 말로 바뀌어졌다.

나는 그 노인을 찾아가 추탕에 탁주라도 대접하며 진심으로 사과해야겠다고 생각했다. 그래서 그 다음 일요일에 상경(上京)하는 길로 그 노인을 찾았다. 그러나 그 노인이 앉았던 자리에 노인은 와 있지 아니했다. 나는 그 노인이 앉았던 자리에 멍하니 서 있었다. 허전하고 서운했다. 내 마음은 사과 드릴 길이 없어 안타까웠다. 맞은편 동대문의 추녀를 바라다보았다. 푸른 창공으로 날아갈 듯한 추녀 끝으로 흰 구름이 피어나고 있었다. 아, 그 때 그 노인이 저 구름을 보고 있었구나. 열심히 방망이를 깎다가 유연히 추녀 끝의 구름을 바라보던 노인의 거룩한 모습이 떠올랐다.

오늘, 안에 들어갔더니 며느리가 북어를 뜯고 있었다. 전에 더덕북어를 방망이로 쿵쿵 두들겨서 먹던 생각이 났다. 방망이를 구경한 지도 참 오래다. 요사이는 다듬질하는 소리도 들을 수가 없다. 애수를 자아내던 그 소리도 사라진 지 이미 오래다. 문득 사십여 년 전, 방망이 깎던 노인의 모습이 떠오른다.

학과		학번		이름	

* 수필 작품을 분석하고, 다음 내용에 대하여 설명하시오.

1) 제재

2) 주제(독자에게 주는 메시지)

3) 구성 방법 및 내용

4) 문장 표현의 특징

5) 수필을 쓸 때 활용할 만한 문장

6) 수필의 전체적인 평(총평)

커피 한 잔을 마시며

정 동 환

이제 완연한 가을이다. 예쁘게 피어 있는 코스모스, 노랗게 물든 풀꽃, 붉은 이파리가 선명한 가로수를 따라 시골길을 달려 출근을 한다. 차창 밖에 펼쳐진 가을 풍경은 결실의 의미가 담겨 있어, 다른 어느 계절보다도 더욱 아름답다. 누렇게 익은 황금 들녘을 바라보노라면, 나는 마치 풍성한 열매를 거두는 농부가 된다. 뿌듯한 마음으로 복도에 들어서자마자 커피 내음이 진동을 하고, 카페인 성분이 내 몸을 감싸면 마음속 깊은 곳에서부터 가벼운 즐거움이 일기 시작한다.

커피를 좋아하는 학생이 가끔 연구실에다 커피를 맛있게 끓여 놓는데, 그 커피 내음을 따라 몇몇 학생들이 모이기 시작했다. 누가 모이자고 한 것도 아니고 일부러 부른 것도 아니며, 그저 자연스럽게 발길을 따라 온 것이다. 따뜻한 커피 맛도 좋지만, 허심탄회하게 나누는 정감 어린 대화에 취하다 보면 시간 가는 줄 모른다. 그 뒤로, 나는 커피 한 잔을 마셔야 직성이 풀리고 하루의 일을 제대로 시작한다. 매일 목욕을 해야 하는 버릇과 함께, 또 하나의 버릇이 생긴 것이다.

얼마 전까지만 해도, 나는 커피 기피증 환자였다. 대학 다닐 때, 가졌던 지병(?) 때문에 커피를 멀리 하기 시작했다. 누군가를 방문했을 때, 간혹 대접을 하는 사람의 분위기를 맞추어 주기 위하여 커피를 마시는 경우가 있었다. 커피를 마신 날, 특히 점심을 먹고 오후에 커피를 마신 날에는 제대로 잠을 자

207

지 못했다. 늘 커피를 준 사람의 얼굴만 떠오르고 꼬박 밤을 새우곤 했다. 그러나 지난 봄, 이러한 버릇에서 벗어났다.

작년 연말에 제자가 선물로 커피 한 병을 사왔는데, 커피에는 관심이 없었기 때문에 캐비닛에 보관해 놓았었다. 새 학기를 시작한 어느 날, 커피를 보내 온 제자가 연구실을 찾았다. 제자가 보내 온 커피로 대접하는 것이 좋을 것 같아서 커피 병을 뜯었다. 오랜만에 마시는 것이기 때문에 커피 맛은 잘 몰랐지만, 제자와 마시는 커피는 정말로 따뜻하고 맛이 있었다. 그 뒤로, 뜯어 놓은 커피가 아까워서 가끔 혼자 마시기 시작했다. 점차 커피 마시는 횟수가 잦아지더니 강의를 하고 나와서 목이 아프면 한 잔, 쓸쓸하고 허전한 날에는 창밖을 바라보면서 한 잔, 학생들과 상담할 때 대화를 나누면서 한 잔씩 마시기 시작했다. 지금은 하루에 한두 잔은 마셔야 마음을 가라앉힐 수가 있게 되었다.

커피를 마시지 않을 때는, 우리 전통차를 주로 마셨었다. 녹차와 다기세트를 사고, 끓이는 방법과 다루는 방법을 배워서 열심히 끓였다. 녹차는 녹차대로 운치가 있고 그윽한 향기가 있지만, 커피는 커피대로 독특한 맛과 향이 있다. '길카페'나 '복도카페'에서 커피를 뽑아 종이컵을 만지작거리며 친구들과 진지하게 대화를 나누는 학생들을 보면 따뜻한 정을 느낀다. 학생들이 커피 두 잔을 뽑아 연구실로 찾아 와서 커피 한 잔을 권할 때, 그 커피 맛이란 호텔 커피숍의 비싼 커피에 비길 바가 아니다.

예전부터 커피를 좋아하는 사람들이 많았다. 프러시아의 프리드리히 대왕은 국민들에게는 금지하면서도 자신은 즐겨 마셨고, 나폴레옹은 아침에 눈을 뜨면 커피를 마시는 애호가였다. 예술가들만큼 커피를 통해 상상력은 얻은 이들도 드물다. 작가 발자크는 장편만 74편을 썼는데, 이 많은 글이 모두 커피에서 나왔다고 할 정도로 커피광이었다.

요한 세바스찬 바하는 세상을 떠날 때까지 27년간 라이프치히의 성토머스 교회에 머물며 많은 주옥같은 교회 음악을 남겼다. 그러나 이 시기 그가 작곡

한 이색적인 노래가 한 곡 있었는데, '커피 칸타타'였다.

'아, 커피, 맛있는 것. 천 번의 키스보다도 황홀하고, 마스카드 술보다 달콤하다. 커피-커피-커피는 (내게 즐거움을) 끊임없이 준다.' 이 노래는 당시 유행하던 커피에 대한 송시이다. 커피가 얼마나 좋았으면, 커피 맛을 키스와 술에다 비유했겠는가.

커피는 정말 내게 즐거움을 준다. 연구실에서 커피를 한 잔 마시며 낙엽이 뒹구는 모습을 바라보노라면 머리가 맑아지고 상쾌해진다. 힘든 일이 있을 때, 글이 잘 써지지 않을 때, 중요한 사안을 결정해야 할 때, 일상적인 문제로 속이 상할 때 커피를 마시면 위안이 된다. 이 때, 행복하다는 느낌이 가슴에 와 닿는다.

'행복은 어디에 있을까' 고대 설화 중 한 토막이 떠오른다. 행복은 찾는 자만이 누릴 수 있도록 은밀한 곳에 두라는 창조주의 명을 받은 천사들이 긴급 회의를 가졌단다. 바다 깊은 곳에 두자는 주장, 높은 산에 두자는 주장이 나왔다. 그러나 교활하고 야망이 있는 인간이 그 정도는 쉽게 찾을 것이라는 의견이 나와 무산되었다. 한 천사가 인간의 마음에 두자고 했다. 인간은 욕심 때문에 자기 마음을 잘 볼 수 없으리라는 것이다. 이 안은 만장일치로 통과되었고, 이 때부터 행복은 마음 깊은 곳에 있게 되었다는 것이다.

커피 한 잔을 마시며 행복하다는 느낌을 갖게 되었으니 나도 이젠 나이가 들었나 보다. 그러나 요즘은 왜 이런 기분을 좀더 일찍 느끼지 못했을까 하는 생각을 한다. 지금 이 시기가 열심히 글을 쓰고 활동할 수 있는 가장 행복한 때인데도 행복한 것을 느끼지 못한다. 지금 이 상태가 나를 발견하고 확충하며 발전시킬 수 있는 가장 행복한 때인데도 행복한 것을 느끼지 못한다. 그저 앞만 보고 살아가다가 뒤돌아보면 그 때가 행복했던 때라는 것을 느낀다. 그러나 이미 지나간 일이다. 인간이 바보스러운 것은, 무슨 일이든지 그 때 깨닫지 못하고 꼭 한 발짝 늦게 깨닫는다는 것이다.

오늘도 제자들과 만나 커피 한 잔을 마시며 하루를 시작한다. 따뜻한 커피만큼이나 정이 많은 사람으로 살았으면 좋겠다. 중후한 커피만큼이나 의젓하고 여유 있는 사람으로 살았으면 좋겠다. 커피를 마시면서 나누는 대화를 소중하게 여기는 사람으로 살았으면 좋겠다.

향기로운 커피 내음이 내 마음속을 가득 채우고 있다.

학과		학번		이름	

* 수필 작품을 분석하고, 다음 내용에 대하여 설명하시오.

1) 제재

2) 주제(독자에게 주는 메시지)

3) 구성 방법 및 내용

4) 문장 표현의 특징

5) 수필을 쓸 때 활용할 만한 문장

6) 수필의 전체적인 평(총평)

가을 금관

정 목 일

1.

언젠가 국립중앙박물관에서 신라 금관을 보는 순간. 오랫동안 나는 한 그루 황금빛 나무를 연상했다.

박물관 유리 진열대 안에 들어 있는 천년 신라 유물들은 대개 시간의 침식에 못 이겨 퀴퀴한 죽음의 냄새를 풍기며 망각 속에 덩그렇게 놓여 있었지만 금관만큼은 어둠 속에 촛불처럼 빛나고 있었다. 그것은 생명의 빛깔로 너무나 선명한 모습으로 살아있어서 천년 신라를 말해주는 촛불처럼 느껴지기만 했다.

나는 우두커니 이 천년 신라의 황금빛 촛불 앞에서 서서 한 그루 나무를 바라보았다. 금관의 출자형(出字型)은 그 형태가 나무의 가지를 본뜬 것처럼 보였다. 어떤 학자는 사슴의 뿔을 형상화시킨 것이라고 말하고 있지만 나에겐 나뭇가지처럼 여겨졌다. 그냥 나무가 아니라, 항상 새롭게 싹터서 영원 속에 가지를 뻗는 무성한 생명력의 나무가 아닐까 생각되었다. 황금빛 나뭇가지에 심엽형(心葉型) 영락(瓔珞)이 달려 별빛처럼 눈부셨다. 황금빛 가지는 푸른 하늘을 향해 뻗어 있고, 그 가지 끝에 심엽형 영락이 달려 영원의 노래를 뿌려주고 있었다.

순금빛 나무, 영원히 시들지 않는 생명의 나무야말로 신라인들이 염원했던 마음의 상징이 아니었을까. 신라 금관을 보는 순간, 영원 속에 뿌리를 내리고 마음껏 하늘로 가지를 뻗고 싶은 신라인의 마음이 금관에 피어있음을 느꼈다.

이미 왕조와 임금은 사라지고 없으나 신라 금관은 유리 진열대 속에서 심엽형 영락을 번쩍거리면서 숨쉬고 있었다. 그 영락들이 내는 순금빛살에 천년 세월이 번쩍거리고 있었다.

2.

어느 날, 나는 뜻밖에도 박물관이 아닌 장소에서 금관을 보았다. 황금빛 가지들을 하늘 높이 뻗친 세 개의 금관—. 그것도 놀랍게도 아직 내가 보지 못했던 살아 있는 금관이었다. 황금빛 가지가 청명한 하늘로 뻗어나가 마치 수천 개 아니, 수만 개 출(出)자형을 이루었고, 순금빛 나비형 영락을 달고 바람에 흔들리고 있었다.

하늘이 너무 맑게 열려 있어서 피리를 불면 가장 잘 퍼져나갈 듯한 가을날이었다. 가을의 한복판에 세 그루의 금관이 하늘 높이 서 있었다. 6백년 수령의 세 그루 은행나무 — 살아 있는 가을의 금관이었다. 가을의 찬양이었고 극치였다.

세 그루 은행나무는 황금빛깔로 가을의 절정을 그 자신이 가을 금관이 되어 번쩍거리고 있었다. 아직 그토록 장엄하고 화려한 가을 빛깔을 바라본 적이 없었다.

몇 해 전 계룡산 동학사에서 한 그루 느티나무와 만난 적이 있는데, 붉은 느티나무 단풍과는 또다른 느낌이 가슴속으로 물결쳐왔다. 서녘 하늘로 막 사라지려는 놀처럼 선홍빛의 단풍은 섬뜩한 아름다움으로 가슴을 적셔주었지만 순금빛 은행나무들은 황홀하고 장엄한 신비와 어떤 자비(慈悲)로운 품마저 느끼게 하는 것이었다.

나는 육백 년쯤 이 땅에 뿌리를 내리고 가을을 맞고 있는 은행나무를 올려다보고 있었다. 누가 이보다 더 선명히 가을의 극치감을 그려놓을 수 있단 말인가. 신라 금관의 영락이 흔들리듯 수많은 순금빛 잎사귀들을 영겁 속에 달고 우뚝 서 있었다. 그렇다. 이 세 그루 은행나무는 가을 금관이 되어 빛나고 있었다.

육백 년의 은행나무가 빚어내는 가을의 황홀한 모습을 바라보았다. 나무는 은행잎을 바람에 날리며 영원 속에 가을의 교향곡을 연주하고 있었다. 가을 연주에 취한 듯 은행나무 잎들이 나비가 되어 떨어지고 있었다. 은행알들이 저절로 툭툭 가을의 한복판으로 떨어지고 있었다. 농한 가을 냄새가 코를 찔렀다.

아, 육백 년 세월 속으로 한 해의 가을이 가고 있었다. 그것은 영원 속을 물들여놓은 찰나의 빛깔이었다. 은행나무 잎을 손바닥에 올려놓았다. 육백 년 은행나무의 삶이 잎맥 속에 물들어 있었다. 육백 년의 햇살과 바람과 빗방울의 말들이 순금빛 단풍 되어 떨어져 있었다.

3.

온양에서 열린 수필문학 세미나를 마치고 인근에 있는 맹씨행단(孟氏杏壇)을 찾기로 했다. 내가 시간을 내어 문학 세미나에 참가하는 것은 평소 글로만 익혀오던 필자들과 만날 수 있다는 기대감 때문이다.

맹씨행단은 조선시대 명재상(名宰相)이며 청백리(淸白吏)로 알려진 맹사성(孟思誠)의 고택(古宅)이 있는 곳이다. 이곳엔 수백 년 자란 은행나무를 보호하기 위해 쌓은 단(壇)이 있기 때문에 맹씨행단이라 부르고 있다.

맹사성의 고택을 본다는 기대도 있었지만 수백 년 자란 은행나무와 대면한다는 기대는 자못 설렘까지 동반하고 있었다. 수백 년 자란 은행나무 모습을 상상해보는 것은 한순간의 황활한 환상이 아닐 수 없었다.

맹씨행단에 도착하여 육백 년 수령의 세 그루 은행나무와 만났다. 이 은행나무들은 조선 세종 때 좌의정을 지낸 맹사성이 심은 나무들로서 오른편의 두 그루는 마치 쌍둥이처럼 하늘 높이 치솟았는데 약 육백 년의 수령에 높이

35m, 나무의 둘레가 약 10m 되는 거목이었다. 왼편으로 몇 걸음 떨어진 곳에 한 그루 은행나무가 서 있어 쌍벽의 조화를 이루고 있었다. 이 나무의 수령은 570년인데 오른쪽의 은행나무와 비슷한 높이로 서 있었다.

고택을 지키며 살고 있는 후손의 살림집이 있어서 맹사성의 유물을 볼 수 있었다. 옥피리 한 개와 벼루였다. 당대의 시인이요 음악가였던 맹사성이 평소에 아꼈던 옥피리와 벼루를 보면서 밖에 그가 심어놓은 은행나무가 떠올랐다. 생전에 가을의 이맘때쯤 은행나무를 바라보며 멀리 영원의 하늘에다 옥피리를 불었을 것이다. 또 불현듯 먹을 갈아 시를 쓰고 싶은 충동을 느끼기도 했으리라. 아깝게도 맹사성의 유물인 옥피리 중간 부분이 부러져 있어 아쉬움을 남겨주었다.

옥피리를 보고 다시 마당에 나오니 세 그루 은행나무가 만드는 황금빛 가을 풍경 위로 어디서 옥피리 소리가 은은히 울리고 있었다. 그것은 육백 년 은행나무가 해마다 가을을 맞으면서 가슴속에 간직해 두었던 악상 한 부분을 끄집어내어 영원의 하늘에 불고 있는 것이 아니었을까.

맹씨행단에 와서 세 그루 은행나무가 빚는 가을 교향악을 들었다. 나에게도 한순간이나마 은행나무와 같은 아름다운 삶의 순간이 있기를 바랐다.

은행나무는 가을 금관이 되어 육백 년의 명상과 노래를 천지 사방에 마구 뿌리고 있었다.

학과		학번		이름	

* 수필 작품을 분석하고, 다음 내용에 대하여 설명하시오.

1) 제재

2) 주제(독자에게 주는 메시지)

219

3) 구성 방법 및 내용

4) 문장 표현의 특징

5) 수필을 쓸 때 활용할 만한 문장

6) 수필의 전체적인 평(총평)

내 이름을 당당하게

초 혜 민

　나는 남들보다 조금 특이한 성을 가지고 있다. 어렸을 적 새 학기가 시작하는 동시에 친구들에게 자기 소개하는 시간은 여간 곤혹스러운 일이 아닐 수 없다. 학교에서 자기 소개를 하기 전 날이면 밤새 잠 못 이루고 뒤척이던 날들이 많았다. 그리고 오지 말았으면 바랐던 그 시간, 내 이름을 말하면 아이들의 웃음소리가 여기저기 터져 나왔다. 옆에서 듣고 있던 선생님 또한 눈을 휘둥그레 뜨며 재차 내 이름을 물어보았다. 나는 그들이 그런 반응을 보일 때마다 어쩔 줄 몰랐다. 남에게 웃음을 자아낼 만큼 내 이름이 우스꽝스럽나 싶어 수치심을 느끼곤 했다.

　초고추장, 초밥, 초파리 등 학년마다 별명은 늘 달랐다. 자신이 아는 단어에 무작정 '초'를 넣어 부르기도 하고 우리나라를 방문한 일본 가수 이름이 '초난강'이라는 이유만으로 한동안 내 이름 대신 '초난강'이라 불리었다. 그래서 나는 내 이름이 싫었다. 성이 특이하다는 이유로 나를 이방인 취급하는 것 같은 느낌도 불쾌했다. 게다가 나는 내성적인 사람이었다. 지금도 부끄러움이 많고 낯을 많이 가리는 성격이 남아있긴 하지만 예전엔 견줄 수 없을 정도로 심했다. 지나가는 사람과 눈도 마주치지 못하고, 혼자서 지하철이나 버스를 타고 내리는 것도 힘겨워 했다. 그렇게 사람들의 시선을 달가워하지 않던 내가 내 의지와는 상관없이 주목을 받게 되니 내 성을 별로 좋아하지 않게 되었다.

　내 이름을 밝혀야 할 때면 나는 우물쭈물하게 되고 자신이 없어지기 시작했다. 처음 듣는 사람들은 재차 묻곤 했다.

"네? 성이 조예요? 소예요? 호예요?"

그때마다 바로 잡아 얘기하는 번거로움도 나에게는 큰 스트레스였다. 초라는 성씨를 가진 이를 처음 들어본다는 사람들에게 나는 친절하게 대할 수 없었다. 그저 고개를 푹 숙인 채 그 시간이 빨리 지나가기를 바랄 뿐이었다. 초는 초나라 초를 뜻했다. 중국에서 건너온 성으로 흔하지 않다는 사실을 커가면서 알게 되었다. 흔하지 않다는 것은 어떻게 보면 큰 장점이기도 했다. 하지만 나는 내 이름을 듣고 반응하는 사람들을 보면서 내 이름 자체를 부끄러워했다. 차라리 이름이 특이했다면 개명을 하는 쪽을 택했을지도 모른다. 하지만 그마저도 꿈꿀 수 없었고 결국 내 방식대로 순간을 모면하기 시작했다.

나는 성을 조 혹은 소라고 말하기 시작했다. 어차피 한번 보고 말 사람들에게 굳이 내 이름을 말할 필요가 없다고 여겼다. 내 성을 바꿀 수 없는 곳에서는 어쩔 수 없었지만 그렇지 않은 곳에서는 머릿속에 떠오르는 성을 내뱉었다. 그럴 때마다 편하다는 생각이 들었다. 남들과 다르지 않다는 느낌에 안도감을 느꼈고 내 이름을 재차 물어보는 번거로움도 없어 좋았다.

그러던 어느 날, 고3 때 일이었다. 나는 집 앞에 있는 독서실에 다니고 있었다. 독서실에서 등록된 내 이름은 '김혜민'이었다. 혼자 다니는 곳이었고 그런 곳에서 이름 같은 것은 중요하지 않을 거란 생각에 말한 이름이었다. 밥을 먹을 시간이었지만 풀고 있던 문제를 마저 풀고 나갈 생각에 공부를 하고 있었다. 그런데 자꾸 전화가 울렸다. 방해 받고 싶지 않아 나중에 확인하려 했으나 줄기차게 울리기에 확인해보니 엄마였다. 엄마는 다짜고짜 어디냐고 물었다. 내가 독서실이라고 하자 엄마는 거짓말하지 말라며 화를 내기 시작했다. 공부하고 있어서 받지 못했다고 하는 내 말을 믿지 못하는 엄마가 도리어 황당했다. 엄마는 나와 저녁을 같이 먹으려고 독서실에서 나를 찾았으나 그런 사람은 없다는 소리를 들었다고 했다. 생각지도 못한 일에 당황한 나는 오해를 풀기 위해 엄마를 만나러 나갔다.

엄마의 얼굴은 평소와 달리 굳어 있었다. 나는 밥을 먹는 둥 마는 둥 하며 엄마의 얼굴을 살피기 시작했다. 엄마는 나에게 왜 성을 바꿔 말했는지에 대해 물었다. 나는 내가 그간 느꼈던 감정들에 대해 설명했고 그리하여 가끔 성을 바꿨노라고 실토했다. 엄마는 실망한 얼굴을 내비쳤다. 그렇게 할 필요가 있었느냐는 말에 나는 아무 말도 할 수 없었다. 그러더니 엄마는 밥 먹던 숟가락을 내려놓고 내 손을 잡으면서 말했다.

"엄만 언제나 네 성이 예쁘다고 생각했어. 물론 특이하기도 하지. 특이하다는 이유로 네가 그렇게 느꼈을 것이라고 미처 생각하진 못했어. 그건 미안하게 생각해. 그렇지만 네 성을 들은 사람들은 널 쉽게 까먹지 않을 거야. 이 넓은 세상에 너를 한번이라도 기억하게 하는 어떤 것이 있다면 그건 행복한 일이 아닐까. 난 그렇게 네 성에 자부심을 가지고 살길 바랐어."

엄마의 말을 듣고 나서야 내가 얼마나 어리석었는지 알게 되었다. 부모님께 큰 실망을 안겨드렸다는 생각에 죄송스러운 마음뿐이었다. 귀한 성이라면 성이거늘 마냥 부끄러워하기만 했던 것이다. 엄마의 말처럼 나는 내가 가진 특권을 숨기고 있었다. 물론 어린 시절 느꼈던 감정들이 상처가 되었던 것은 사실이지만 그 역시 이겨낼 수 있는 문제였다. 그 후 내 성에 대해 스트레스 받지 않으려고 노력했다. 어떤 성보다 예쁘다는 생각을 하기 시작했다. 어딜 가든 내 성을 바꿔 말하지 않았다. 행여 내 성을 다시 묻는 사람들에게는 초나라 초씨라고 자세히 말해주었다.

앞으로 나는 내 이름을 말하는 순간들이 여전히 많을 것이다. 회사에 취직하기 위해 면접을 보는 자리에서도, 친구의 지인을 만나는 자리에서도, 그리고 결혼을 허락 받기 위한 상견례 자리에서도 말이다. 이제는 전과 같이 내 이름을 말하는 순간을 주저하지 않을 것이다. 남들보다 특이한 것이 아니라 특별하다는 마음가짐을, 누군가에게 나를 기억할 수 있게 하는 장점이라 생각하고 당당하게 내 이름을 말할 것이다. 그것이 내가 누릴 수 있는 특권이 아닐까.

학과		학번		이름	

* 수필 작품을 분석하고, 다음 내용에 대하여 설명하시오.

1) 제재

2) 주제(독자에게 주는 메시지)

3) 구성 방법 및 내용

4) 문장 표현의 특징

5) 수필을 쓸 때 활용할 만한 문장

6) 수필의 전체적인 평(총평)

나눌수록 커지는 행복

정 동 환

수원에 있는 어느 복지회관에서 십여 년 동안 도와주어 고맙다는 편지를 보내왔다. 현재 근무하는 대학에 발령을 받은 해에, 우연히 복지회관에 강의할 기회가 있었다. 노인들을 대상으로 우리말의 어원에 대하여 강의를 하였는데, 강의를 열심히 듣고 질문도 많이 하여 정말로 재미있었다. 강의 시간에 즐겁게 해 드리려고 흘러간 옛 노래를 부른 적도 있고, 어원에 얽힌 옛날이야기를 들려준 적도 많았다. 이 분들을 위해 강의가 아닌 다른 방법으로 도울 수는 없을까. 궁리 끝에 매달 얼마 안 되지만 조그마한 금액을 모금 구좌에 넣었다. 통장에서 자동으로 빠져나가기에 오랜 동안 잊고 살았는데, 편지를 받고서야 새삼스레 그때 일이 떠오르기 시작했다. 하찮은 액수인데도 고맙다는 편지를 받고 보니, 더 베풀지 못한 것이 아쉽기만 하다.

요즘 어려운 이웃을 도와주기 위해 '나눔으로 아름다운 세상' 캠페인을 벌이고 있다. 그 곳에 소개된 이들을 보면서 내 자신이 매우 부끄러웠다. 그들은 어려운 생활을 하면서 살아가지만 남에게 나누어 주는 기쁨을 느끼면서 행복감을 맛보는 것이다.

기초생활보장법 수급자로 공사현장에서 막노동을 하며 매달 만 원에서 이십만 원까지 아름다운재단에 기부금을 내는 이가 있다. 기부를 시작하면서 마음이 편안해지고 힘든 노동에도 몸에 활력이 생겼다고 한다. 넉넉한 사람들이 나눔에 관심을 갖는다면 더욱 따뜻한 사회가 될 것이고, 건강한 사회를 위해 수입이 있는 날까지 가난한 이웃을 위해 기부할 생각이라는 말을 듣고 가슴이 저려오는 것을 느꼈다.

매달 자기 수입의 일 퍼센트를 털어 나눔을 실천하고 있는 조연 배우가 있다. 많이 알려진 배우는 아니지만 어느 주연 배우보다도 멋이 있었다. 그는 일찍 아버지를 여의고 바느질을 하는 어머니를 모시며 힘든 사춘기 시절을 견뎌왔단다. 이제는 조금 여유가 생기니 어렵게 사는 주위 이웃들에게도 눈을 돌려야겠다는 생각이 들었다는 것이다. 내가 번 돈은 다 내 돈이 아니며 번 돈의 일부는 이웃들에게 돌려주는 것이 당연하다고 말하는 그에게서 아름다운 모습을 볼 수 있었다.

직장인, 주부, 자영업자 등 직업과 연령이 다양한 이들이 모여 독거노인과 장애인의 때를 말끔히 씻어주는 모임이 있다. 고객은 대중목욕탕에 다니기가 어렵거나 옷을 입고 벗기도 힘든 사람, 집에 목욕 시설이나 목욕을 도와 줄 가족이 없는 가난하고 외로운 이웃이다. 어릴 적 동냥 온 거지에게 어머니가 밥상을 정성껏 차려주시는 모습을 보고 감동을 받아 이 일을 시작한 이도 있고, 치매를 앓다 일흔셋에 돌아가신 외할머니에게 잘 해드리지 못한 것이 뼈에 사무치도록 죄송스러워 노인들 목욕서비스를 시작하게 되었다는 이도 있다. 땀을 뻘뻘 흘리며 살을 맞대고 때를 밀다보면 내 몸이 개운해진다는 이들에게서 행복은 나눌수록 커진다는 것을 실감할 수 있었다.

'나눔으로 아름다운 세상' 캠페인에 참여한 이들은 가진 것이 많은 부유한 이들이 아니다. 모두가 어려운 환경 속에서 살아가고 있지만, 나눔의 즐거움을 알고 실천하는 이들이다. 지금까지 살아오면서 남을 도와준다는 것, 남에게 나누어준다는 것을 미처 생각하지 못했다. 복지회관에서 보내온 편지 한 통을 통해 나누어주는 것이 얼마나 행복한지를 알게 되었고, 남에게 도움을 받는 것보다 남에게 도움을 주는 것이 더 기쁘다는 것도 알게 되었다.

복지회관에서 보낸 문서 안에 할머니의 편지 한 통이 들어 있었다. 편지를 쓰신 할머니는 한글을 제대로 알지 못했던 분이다. 강의가 끝나면 한글의 받침이나 낱말의 쓰임에 대하여 많은 질문을 했다. 그렇게 열심히 공부하시더니 지금은 어느 문학잡지에 등단하여 어엿한 수필가로 활동하고 있다고 했다. 구구절절이 한글을 잘 가르쳐주고 복지회관 모금에 참여해 주어 고맙다는 내용이었다. 그리고 한 마디 덧붙였다. 꼭 한 번 오면, 그때 그렇게 맛있게 먹던 부침개를 부쳐 놓겠노라고.

우리는 매일매일 찌든 삶 속에서 앞만 보며 살아가고 있다. 내 자신의 욕망을 채우고, 자기 가족을 돌보느라 옆으로 눈길을 돌릴 겨를이 없다. 더욱이 남에게 나누어 주는 것을 경제적인 면으로만 생각한다. 이 다음에 돈을 많이 벌면 '양로원이나 고아원에 가 보아야지', '이웃에게 좋은 일 한 번 해야지', 하지만 이들에게 남을 도울 기회는 없다. 돈으로 남을 돕는 것도 중요하지만, 몸으로 남을 돕는 것이 더 귀하고 값지다는 것을 인식하지 못하기 때문이다. 남을 돕는 것은 내가 지금 갖고 있는 능력과 관계가 없으며, 남을 돕겠다는 마음과 내가 갖고 있는 것을 나누겠다는 마음만 있으면 된다는 것을 이해할 때, 쉽게 남을 도울 수 있다. 나이가 들어 이 세상을 정리할 때가 되어 남을 위해 베풀어보려고 하지만, 이미 몸이 말을 듣지 않는다. 늦었지만 지금부터라도 어려운 이웃을 위해 내가 베풀 수 있는 조그마한 것이라도 나누어 주겠다고 다짐해 본다. 한 번이라도 자신이 가진 무엇인가를 나눠본 사람들은 그 기쁨과 행복을 안다고 하지 않았는가.

나누는 사람이 많은 사회는 건강하고 행복하다. 미국의 비영리조직인 '러닝 투 기브'는 '미국은 1980년대부터 체계적인 나눔 교육을 해왔고, 지금은 전 국민의 90퍼센트가 봉사와 나눔 활동에 참여하고 있는데, 이 힘이 미국을 지탱하고 있다'고 했다. 조그마한 나눔이 이렇게 큰 힘이 된다는 것을, 이제 우리도 절실하게 느껴야 하지 않을까.

세상을 변화시키는 가장 큰 힘은 자기 자신과 주위를 돌아보는 일이다. 너무 바쁘게 살아왔다. 이제는 가끔 남을 배려하며 살고 있는지, 내 이웃은 어떻게 지내고 있는지 돌아보는 기회를 가져 보리라.

　아무리 바빠도 이번 주말에는 할머니를 뵈러 복지회관을 찾아야겠다. 할머니가 부쳐주시는 부침개를 먹으면서 이야기꽃을 피울 생각을 하니 어깨춤이 절로 난다.

학과		학번		이름	

* 수필 작품을 분석하고, 다음 내용에 대하여 설명하시오.

1) 제재

2) 주제(독자에게 주는 메시지)

235

3) 구성 방법 및 내용

4) 문장 표현의 특징

5) 수필을 쓸 때 활용할 만한 문장

6) 수필의 전체적인 평(총평)

고마운 착각

강 석 호

손바닥만한 크기지만 정원을 갖고 산다는 게 얼마나 다행한 일인지 모른다. 딱딱한 시멘트 바닥이나 계단에 숨막힐 정도로 가파른 담벽을 마주하며 사는 사람들을 생각하면 그것 하나만으로도 크나큰 행복의 조건을 가진 것 같아 여간 자랑스럽지 않다.

봄, 여름, 가을, 겨울 사계절을 따라 자연의 변화를 숨쉴 수 있고 게다가 감이랑 대추랑 유실수를 몇 그루 심고 보면 가을날 결실의 경이로움에 시선을 가눌 수 없게 된다.

지난 봄 고향에 갔던 길에 작은 감나무 한 그루를 가져와 안방 바로 앞에다 심었다.

공해 속에 괜히 감나무만 죽이지나 않을까 별로 마음이 내키질 않았으나 여러 형제 중 고향집을 지키고 있는 셋째동생이 뒤꼍에 있는 몇 그루 중에서 건강한 놈을 골라 정성껏 동여 주기에 자동차 트렁크에 싣고 천릿길을 달렸다.

오는 동안 질식이라도 했으면 어쩔까 걱정이 되어 집에 도착하자마자 물에 축여 두었다가 다음날 아침에 삽질을 했다.

공기가 약간 오염되었더라도 토양이 기름지면 좋을 것인데 잔디가 쩌린 정원 한구석을 파니 집을 지으면서 아무렇게나 메웠는지 돌자갈이 많은 데다 흙마저 거름기라고는 찾아볼 수 없는 샛노란 원색이었다.

고향에 그대로 두었더라면 아무 어려움 없이 잘 자라 열매를 많이 맺을 것

239

을 괜히 날벼락을 안겼구나 싶어 여간 마음이 아프지 않았다.

대부분의 유실수는 옮겨 심은 해에는 과실을 맺지 않는다고 한다. 그래서 올해는 제발 죽지나 말고 착근을 잘하려 풋수나 잘 자라 주기만을 바랄 뿐이었다.

그런데 얼마 되지 않아 싹이 트고 잎이 피고 또 꽃까지 피더니 새파란 열매를 네 개나 보여주는 것이 아닌가.

꽃이 필 때만 해도 희한하다며 어쩌다가 옮겨 심은 것을 깜빡 잊고 꽃을 피웠겠지 했고 열매를 보고도 곧 떨어져버리겠지 했다. 그런데 그 열매는 떨어지지 않고 점점 자라나 이 가을 내 창가에서 탐스럽게 익어가고 있다.

다만 지난 태풍에 한 개가 떨어지는 참사가 있었다.

사람이나 식물이나 거두기에 따라 상식을 초월하는 이변을 낳는 경우도 있다지만 나는 거름을 많이 주었다거나 물을 열심히 뿌렸거나, 유달리 정성을 기울인 것도 없다. 그저 아침이면 그 곁에 가서 얼마나 자랐는지를 살펴보며 고향을 보듯 마음 속으로 아꼈을 뿐이다. 그런데도 이 가을 노랗게 익어가는 열매를 보여 주니 여간 고마운 게 아니다.

지난 여름 태풍이 연달아 불고 남쪽 지방에 수해가 크다는 소식이 연달을 때, 고향엔 가보질 못하고 편지로 안부를 물으면서 이쪽은 별일이 없고 봄에 가져 온 감나무가 열매를 맺어 그것을 매일 고향 보듯 하는데 그중 한 개가 태풍에 떨어졌다고 소식을 전했더니 동생은 물론 노부께서도 좋아하시면서 떨어진 한 개를 아쉬워 하더라는 후문이었다.

지금 정원엔 감 뿐만 아니라 대추와 모과가 한창 그 모습을 다듬기에 바쁘다. 대추는 벌써 첫물을 거두었지만 아직도 주렁주렁 많이 달려 있고 모과는 서리가 와야 제 빛이 나는지 아직 풋기가 진하다.

대추는 작년에 심었는데 그것도 심은 해를 잊고 주렁주렁 열려 주었고, 모과는 재작년에 뿌리가 언 것을 심어선지 시원찮아 금년 봄에 다른 것으로 교체를 했다. 그런데 그것도 수십개나 열렸다가 조금 떨어지고 열 네 개나 남아 있다.

우리집 정원의 유실수들은 이렇게 착각을 해도 한결같다. 심은 첫해도 거르지 않고 서로 질세라 경쟁이다. 착각을 잘하는 나를 닮아서일까. 착각도 이런 착각은 고맙기만 하다.

요즈음 아침마다 이것들을 보기 위해 일찍 일어난다. 특별히 감이 잎사귀에 가려 보이지 않을 때는 간밤에 무슨 변이라도 있었을까 적이 놀래기도 한다.

대추는 익는 대로 따서 모아두고 모과랑 감은 서리가 내릴 때까지 두었다가 고향에서 아버님과 동생 식구들이 오면 잔치를 벌일 생각이다. 그보다 먼저 모든 자연을 창조하시고 물과 공기와 햇볕을 주시고 열매를 맺게 해주신 창조주께 감사를 드리고 싶다.

가을이 점점 깊어가고 있다. 유실수 외에도 몇 가지 나무들이 가을 정원의 정취를 한껏 나타내고 있다.

단풍나무가 붉게 물들어 가고 목련도 한번 더 꽃을 피울 듯 새눈을 틔우더니 어느새 낙엽 직전에서 하늘거리고 있다.

저만치 벽쪽 언덕바지에 세워둔 여인 나상이 한결 쓸쓸한 자태로 서 있고 그 앞엔 그와는 반대로 사루비아가 제철을 맞아 정열을 과시하고 있다.

세속에 시달리다가도 이들을 바라보는 순간, 세월의 감각을 다시금 느끼게 되고 흐트러진 나의 자세를 다시 매만지게 된다.

비록 작은 정원이지만 그것은 나의 삶의 오아시스다. 녹음도 백설도 그때마다 새로운 인생의 의미를 되뇌이게 하는 마음의 창이다.

학과		학번		이름	

* 수필 작품을 분석하고, 다음 내용에 대하여 설명하시오.

1) 제재

2) 주제(독자에게 주는 메시지)

3) 구성 방법 및 내용

4) 문장 표현의 특징

5) 수필을 쓸 때 활용할 만한 문장

6) 수필의 전체적인 평(총평)

진정한 행복

이 지 선

옷 속으로 스며드는 추운 한기에 옷깃을 여미다 문득 그 분 생각이 났다. 지난 겨울, 내가 그 분을 처음 만났던 그 날도 오늘밤처럼 찬바람이 강하게 부는 날이었다. 겨울 방학을 맞아 나는 친구와 함께 친구 아버지 공장에서 한 달 동안 일을 하게 되었다. 우리가 맡은 일은 자동차에 필요한 아주 작은 부품들의 상태를 확인하는 것이었다. 단순노동이라 일은 쉬웠지만 아침 일찍 출근해서 저녁 늦게까지 근무하는 일은 상당한 육체적 피로를 가져왔다. 더구나 근무지도 멀어 출퇴근 시간만 족히 두 시간은 걸렸다. 매일 아침 새벽에 일어나야 했던 그 때의 나는 성과 없는 방학을 보내며 회의감에 젖어 있었다.

근무한 지 이 주일이 지나고 주간 근무와 야간 근무자들이 교대하게 되면서 그 분을 처음 만났다. 그 분은 같이 일하던 어느 아주머니셨는데 성함의 맨 끝 글자를 따서 옥이모라고 불렀다. 옥이모를 처음 봤을 때 철없는 마음에 거부감이 먼저 들었다. 작은 키에 광대뼈는 툭 불거지고 볼은 홀쭉했으며 오른쪽 뺨에는 화상자국이 있었다. 왼쪽 팔은 없었으며 한 쪽 다리마저 끌고 있었다. 그러나 누구보다 부드러운 눈매를 가지고 있었다. 그런 옥이모에게 자꾸만 시선이 갔다. 교대를 하기 전에는 바닥을 쓸고 박스를 접어서 정리해야 했다. 그 때마다 동정심에 도와 드리고 싶었지만 숫기가 없던 나는 말을 건네지 못하고 주변을 서성거리기만 했다. 그러나 옥이모는 누구의 도움 없이도 박스를 잘 정리했으며 자리 또한 제일 깨끗했다.

247

그러던 어느 날, 휴게실에서 나 혼자 쉬고 있던 때였다. 옥이모가 들어왔다. 옥이모의 두 눈빛을 처음으로 마주하게 되었다. 자리를 피하려 했으나 옥이모가 따뜻한 코코아를 건네주면서 학생이냐 묻고, 방학 중에 알바 하는 것이 힘들겠다고 격려해 주었다. 약간은 무서웠던 외모와 달리 상냥한 말투에 나도 모르게 질문을 하였다.

"실례지만 몸은 어쩌다 이렇게 되셨어요?"

옥이모는 스무 살 때, 가족과 여행을 가다가 교통사고를 당했다고 했다. 마주오던 차와 부딪쳐 차가 뒤집혔는데 그 때 부모님은 모두 돌아가시고 자신만 간신히 구출되어 나오게 되었다고. 그 때 옥이모의 얼굴에 씁쓸한 미소가 생겼다 스러졌다. 사고 후에는 절망감으로 아무 일도 못하게 되었다고 한다. 사람 만나는 것 자체가 너무 두려웠노라고. 몇 번의 자살시도도 해보았지만 그 때마다 자신을 끝까지 지켜내려 했던 부모님 생각이 났다고 한다. 사고가 난 후 삼년이 지나던 해 옥이모는 평생을 이렇게 살 수는 없다고 생각하여, 부모님의 몫까지 열심히 살겠다고 다짐을 했다고 한다. 그리고 처음 이 회사에 들어오게 되었다고 했다. 그리고 나에게 물었다.

"너는 지금 행복하니?"

뜬금없는 질문에 나는 대답을 찾지 못하고 헤맸다. 나는 과연 행복한가. 우물쭈물하며 대답을 못하는 나에게 옥이모는 자신은 지금 정말 행복하다고 하였다. 남들은 자신을 장애인, 그저 하찮은 일을 하는 공순이라고 볼지 모르지만 자신이 하는 일에 자부심을 느끼고 있다고 말이다. 비록 자신이 공부를 잘하지 못해서 더 뛰어난 일은 하지 못하지만, 자동차에 쓰이는 작은 부품을 하나씩 챙기며 사람들이 더 안전하게 탈 수 있다는 생각으로 일을 한다고 하였다. 이 말을 하는 옥이모의 말은 정말 거짓이 없어 보였다. 옥이모의 눈빛이 어느 때보다 반짝였기 때문이다.

옥이모는 행복이란 것은 사람의 마음가짐에 따라 달렸다고 했다. 자신이 행복하다고 생각하면 자신은 행복한 것이라고. 남들과 비교해서는 안 된다고 말이다. 그래서 자신에게 주어진 하루하루가, 자신이 일 할 수 있음이 감사하고 축복이라고까지 말하였다. 그런 옥이모를 보며 나는 마음 깊은 곳으로부터 부끄러움이 밀려왔다. 나는 항상 행복이란 거창한 것이라 생각해왔기 때문이다. 경제적으로 풍족하여야 하고, 몸이 건강하여야 하고, 다른 사람들로부터 인정을 받고, 사회적으로 안정적인 위치에 자리하게 되면 그것이 진정 행복이라고 여겼다. 그러나 옥이모가 생각하는 행복은 이러한 조건의 나열들이 아니었다.

밤하늘에 떠 있는 똑같은 달을 바라보면서도 바라보는 사람의 마음에 따라서 슬프게 또는 정답게 느껴진다. 행복의 문제도 마찬가지다. 행복에 있어서 제일 중요한 것은 자신이 행복하다는 마음가짐이다. 나는 옥이모에 비하면 건강한 팔다리를 가지고 있고 앞날이 창창한 이십대이다. 그런데도 옥이모가 나보다 더 행복해 보이는 사실은 부정할 수 없었다. 그것은 아마 옥이모와 나의 마음가짐의 차이에서 온 것일 것이다.

사실 과거의 나는 불평과 불만을 달고 살았다. 주어진 것에 감사하고 내가 가진 것에 만족하기보다는 남과 나를 비교하며 내 자신을 열등감 덩어리로 만들었다. 철없던 고등학생 시절에는 학교 가는 것이 끔찍이 싫어 일부러 내 몸을 다치게 하려는 몹쓸 생각도 종종 했었다. 옥이모는 불의의 사고로 건강했던 팔과 다리를 잃고도 긍정적으로 열심히 사는 데 비해 나는 나에게 주어진 것들을 너무 당연하게 생각해 오며 살았다. 아니, 오히려 망가뜨리려 했었다. 철없던 과거 행적이 하나 둘씩 떠오르면서 한동안은 내 자신이 너무 부끄러워 옥이모를 쳐다보지도 못하였다.

그러나 지금은 그렇지 않다. 옥이모와의 대화 이후, 나는 세상을 보는 시선을 달리 하였다. 내 일을 마친 후에 옥이모의 일거리를 도와주고 가파른 계단을 올라 갈 때는 부축해주며 내 건강한 팔다리에 감사하며 도울 수 있는 일은 무엇이든 도왔다. 이전에는 건강한 신체가 그저 당연한 것으로 여겨졌지만 지금은 건강한 신체가 소중하고 감사하다. 남들이 가지고 있는 것을 부러워하고 질투하는 것이 아니라, 내가 가진 것에 감사하고 소중한 마음을 가지니 마음도 풍족해지고 여유로워졌다. 사소한 것부터 감사할 일이 많아지니 자연스레 나는 행복하다는 생각이 들었다. 내게 주어진 것에 감사하는 마음을 갖기로 한 후부터, 이미 내 마음속에 행복은 자리 잡고 있었던 것이다. 꼭 거창하고 남들이 부러워하는 것만이 행복은 아니었던 것이다.

혹시 당신도 행복을 멀리서만 찾고 있는 것이 아닌가. 자신의 마음을 한 번쯤은 깊게 들여다보아야 한다. 진정한 행복은 자신의 마음에서부터 나온다. 자신이 행복하다고 마음을 먹었다면 이미 그것만으로 충분히 행복한 것이다.

나는 매우 행복한 사람이다. 그리고 앞으로도 행복한 사람이다.

학과		학번		이름	

* 수필 작품을 분석하고, 다음 내용에 대하여 설명하시오.

1) 제재

2) 주제(독자에게 주는 메시지)

3) 구성 방법 및 내용

4) 문장 표현의 특징

5) 수필을 쓸 때 활용할 만한 문장

6) 수필의 전체적인 평(총평)

철 도 원

정 동 환

영화 '철도원'은 온통 흰 빛깔로 뒤덮여 있다. 폭설로 덮인 철로 위를 외롭게 달리고 있는 빛이 바랜 열차, 낡은 역사(驛舍) 위에 두텁게 쌓인 눈, 눈발 속에 홀로 서 있는 늙은 역장의 모습이 어우러져 외로움과 슬픔의 색깔로 조화를 이룬다. 정년퇴임을 앞둔 시골 역의 역장은 평생을 철도밖에 모르고 살아온 사람이다. 그는 역을 지키느라 딸의 죽음도 보지 못했으며, 아내의 임종도 지키지 못했다. 한 동안 시끌벅적하던 탄광이 문을 닫게 되었으며 마을 사람들은 하나 둘 떠나기 시작했다. 역장은 머지않아 승객이 끊긴 철도와 낡은 역사가 눈 속으로 묻힐 것이라 예측을 한다. 그런 그에게 추억은 회한과 따뜻함일 수밖에 없다. 사무치는 그리움에 환영으로 나타난 죽은 딸 앞에서 역장은 말한다.

"난 갑자기 가슴에 벅차오르는 것을 느껴. 아내와 딸에게 몹쓸 짓을 했는데도 사람들은 모두들 내게 잘 대해 주었거든."

나는 꿈 많은 어린 시절을 기차와 역사가 있는 시골 역의 종착역에서 보냈다. 이 영화에 나오는 시골 역의 풍경을 보면서 내 고향의 모습을 보는 듯 했다. 그리고 영화의 주인공을 보는 순간, 아버지를 연상하게 되었다.

아버지가 철도원이었기 때문에 기차 소리를 자장가로 들으며 살아왔다. 고향을 떠나 여기 저기 살아보았지만 나이가 들수록 어린 시절을 보낸 기찻길

옆 오두막집이 그리워진다. 아버지는 철도 근무를 잘 하기 위해서 역 뒤에다 조그마한 집을 마련했다. 이사를 처음 갔을 때는 기차 소리 때문에 아무 일도 할 수 없었다. 아버지 원망을 많이 하였다. 철도원이라는 아버지 직업이 왜 그렇게 싫었는지……

기차 소리가 자명종 역할을 하고 자장가로 들리기까지는 많은 시간이 걸렸다. 새벽에 떠나는 첫 열차가 나를 깨워놓고 가면 상쾌한 아침 시간은 책을 읽는 데 보냈다. 학창 시절에 많은 책을 읽을 수 있었던 것이 아버지 직업 덕택이라고 생각할 때는, 이미 아버지 직업은 철도원이 아니었다. 어리긴 했지만, 왜 그때 미리 깨닫지 못했는지 늘 송구스러울 뿐이다.

아버지는 근무 시간 외에도 역에서 밤을 지새우시는 때가 많았다. 비나 눈이 많이 올 때는 비상 근무하는 날이었다. 여러 날 아버지의 얼굴을 보지 못했기 때문에 아버지의 얼굴을 잠깐 보기 위해 역사 문에 기대어 아버지를 부르던 날이 있었다. 그때는 아버지가 놀아주지 않아서 얼마나 섭섭했는지 모른다. 아버지가 나와서 머리를 쓰다듬어 주시고 들어가시면 하루 종일 기분이 좋아 어쩔 줄 몰라 했던 기억을 잊을 수 없다.

역사 문에 기대어 혼자 놀면서 열차에서 내리고 타는 사람들의 표정을 읽을 수 있었다. 다양한 표정을 가까이 보면서 만남과 기다림의 순간이 얼마나 귀한 것인지 깨달았다. 누군가를 초조하게 기다리는 불안한 표정, 누군가를 반갑게 만났을 때의 환한 표정이 어우러진 역사, 열차에 차례를 지키며 오르고 내리는 사람들의 따뜻한 정을 가슴 속에 간직할 수 있었던 행복한 순간들이었다. 지금의 내 가슴 속에 따뜻한 정이 살아 숨쉬는 것은 철도원인 아버지 덕택이다.

비가 많이 오던 날이었다. 아버지는 밤 열두 시가 넘어서까지 철로를 돌아보셨다. 철로를 순회하시던 아버지가 철로가 끊긴 것을 발견한 시각은 새벽한 시. 철로를 통과하려던 열차에 급히 소식을 전하고, 역사에 신속하게 연락을 하여 큰 교통사고를 막았다. 자신의 몸은 돌보지 않으시고 인명을 구하기 위해 혼신의 힘을 쏟으신 아버지가 그렇게 자랑스러울 수 없었다. 그로 인해 많은 사람을 구하였고 커다란 상을 받으셨다.

지금도 기억에 남아 있는 한 신문 표제가 있다. '사명감이 투철한 철도원, 많은 인명 피해 막음.' 아버지의 기사가 실린 신문지 조각을 갈피가 찢어지도록 갖고 다니면서 친구들에게 자랑을 했다. 친구들은 신문에 있는 아버지 사진을 보여 달라고 꽤나 귀찮게 했다.

겨울이면 눈에 덮인 경치가 매우 아름다웠다. 아침녘의 눈에 쌓인 역사와 열차, 철로 위의 모습은 신비로움을 벗어나 장관이었다. 역사 주변이 눈으로 덮이면, 아버지는 흰 무대 위에서 공연을 하는 배우가 되셨다. 빗자루를 들고 다니면서 철로 위를 안방처럼 깨끗하게 청소를 하고, 역사 안에 있는 모든 집기를 재배치하였다. 열차에 내리고 오르는 사람들이 행여 넘어져 다칠까봐 차가 도착할 때마다 쓸고 다니셨다.

몹시도 추운 어느 날, 한 승객이 열차에서 내리다가 미끄러져 허리와 다리를 다쳤다. 환자를 병원에 업고 간 아버지는, 술을 거나하게 드시고 밤늦게야 돌아오셨다. 그러나 내색 한 번 하지 않고 오히려 가족들을 위로하신 아버지. 매일 병원을 찾아 환자를 돌보고 열심히 뒷바라지를 하셨던 아버지에게, 위로는커녕 섭섭함만을 간직했던 지난날이 후회스럽다.

영화 '철도원'을 보면서 고향의 아름다운 모습을 그릴 수 있었고, 아버지의 참된 모습을 떠올릴 수 있었다. 인생을 돌아보면 고통스러울 때도 있고 즐거울 때도 있다. 그러나 내 가슴 속에 남아 있는 아버지에 대한 추억은 늘 잔잔하게 다가와 내 힘든 어깨를 어루만져 주셨다. 누구나 아버지는 소중하겠지만, 아버지는 정말 나에게 귀한 존재이다. 지금은 이 세상에 계시지 않지만, 세상살이가 어려울 때에 아버지는 늘 나의 버팀목으로 행복을 안겨 주셨다.

행복은 어디에 있을까. 역사학자 윌 듀런트는 지식에서 행복을 찾아보았다. 그러나 지식을 쌓는다고 행복할 수 없었다. 세계를 돌아다니며 여행을 하였으나 권태감만 쌓였다. 많은 재산을 모아보았으나 갈등과 불화만 생겼다. 책을 많이 써서 출판을 해보았으나 피곤하기만 했다. 어느 날 그는 한 여인이 작은 차 안에서 잠자는 아기를 안고 내리자 한 남자가 그 여인에게 가 입을 맞추고는 함께 가는 장면을 보았다. 그때 듀런트는 깨달았다. 행복이란 바로 저런 것이라고.

누구나 행복한 삶을 꿈꾼다. 그러나 스스로 행복하다고 말하는 이들은 많지 않다. 무엇이든지 남보다 먼저, 많이 가지려는 세상에서 행복은 나에게 점점 멀어져 먼 산 저편에 자리잡고 있다. 지금까지 살아오면서 내 행복의 문을 여는 열쇠는 아버지, 그리고 나의 가족이었다. 어려운 상황에서 고민하는 이들에게 가족의 얼굴을 떠올리라고 권하고 싶다. 가족의 힘은 예상치 못한 큰 힘을 발휘하게 될 것이다.

이번 주말에는 아무리 바빠도 아버지가 계신 납골당을 꼭 방문해야겠다. 아버지가 받으셨던 상장을 들고.

학과		학번		이름	

* 수필 작품을 분석하고, 다음 내용에 대하여 설명하시오.

1) 제재

2) 주제(독자에게 주는 메시지)

3) 구성 방법 및 내용

4) 문장 표현의 특징

5) 수필을 쓸 때 활용할 만한 문장

6) 수필의 전체적인 평(총평)

참고 문헌

수필 이론

강석호(2000), 『새로운 수필문학 창작기법』, 교음사.

권영민(1997), 『우리문장강의』, 신구문화사.

도창회(1994), 『수필문학론』, 한누리.

문학사연구회(1991), 『수필문학론』, 백문사.

박동규(2000), 『글쓰기를 두려워 말라』, 문학사상사.

성기조(1994), 『수필이란 무엇인가』, 학문사.

송동인(1985), 『오늘의 문장강화』, 창조사.

오창익(1996), 『수필문학의 이론과 실제』, 나라.

이정림(1998), 『한국수필평론』, 범우사.

윤모촌(1993), 『수필 쓰는 법』, 보성사.

윤재근(1994), 『수필론산고』, 문학수첩.

윤재천(1995), 『수필작법론』, 세손.

이대규(1996), 『수필의 해석』, 신구문화사.

이양하(1997), 『신록예찬』, 범우사.

이향아(1998), 『문학과의 만남』, 학문사.

이향아(2000), 『창작의 아름다움』, 학문사.

이철호(1994), 『수필창작론』, 양문각.

이철호(2002), 『수필 평론의 이론과 실제』, 정은문화사.

이철호(2005), 『수필창작의 이론과 실제』, 정은출판.

이태준(2004), 『아버지가 읽은 문장강화(장영우 주해)』, 깊은샘.

이향아(2000), 『문예창작의 이론, 창작의 아름다움』, 학문사.

이화여대교양국어편찬위원회(2002), 『우리 말글과 생각』, 이화여대출판부.

장백일(1998), 『현대수필문학론』, 집문당.

정목일, 전영숙, 신상성(2000), 『알기 쉬운 수필 쓰기』, 양서원.

정진권(2000), 『수필쓰기의 이론』, 학지사.

최혜실, 이상경, 시정곤(2000), 『생각 짜임 글』, 태학사.

한상렬(1994), 『오늘의 수필문학, 무엇이 문제인가』, 도서출판 서해.

한상렬(1996), 『수필문학의 주변』, 도서출판 서해.

한상렬(1998), 『수필창작의 길라잡이』, 도서출판 서해.

한상렬(2000), 『현대 수필작가 탐구』, 도서출판 서해.

▎수필집

강석호(2000), 『고마운 착각』, 교음사.

김소운(1997), 『가난한 날의 행복』, 범우사.

김용준(1997), 『근원수필』, 범우사.

김진섭(1994), 『백설부』, 범우사.

김태길(1990), 『창문』, 범우사.

도창회(2000), 『바람밥』, 교음사.

박연구(1996), 『바모네 가게』, 범우사.

법 정(1995), 『무소유』, 범우사.

베이컨(1995), 『베이컨수필선(최혁순 옮김)』, 범우사.

베이컨(1995), 『베이컨수상록(최혁순 옮김)』, 범우사.

윤오영(1996), 『방망이 깎던 노인』, 범우사.

윤형두(1995), 『사노라면 잊을 날이』, 범우사.

에머슨(1995), 『에머슨수상록(윤삼하 옮김)』, 범우사.

이양하(1997), 『신록예찬』, 범우사.

이태준(1997), 『무서록』, 범우사.

이희승(1994), 『딸깍발이』, 범우사.

정목일(2000), 『가을 금관』, 선우미디어.

조지훈(1997), 『동문서답』, 범욱사.

찰스램(1993), 『찰스램수필선(양병석 옮김)』, 범우사.

피천득(1998), 『수필』, 범우사.

▎사전

국립국어연구원 표준국어대사전(2000), 두산 동아.

국어대사전(1981), 민중서림.

동아새국어대사전(1999), 두산 동아.

새국어대사전(1973), 심한출판사.

새우리말 큰사전(1981), 삼성출판사.

한글학회 우리말큰사전(1995), 어문각.